KB195381

머지않아
지나갈

오늘을
위하여

머지않아 지나갈 오늘을 위하여

스물의 문턱에서 쓰는 일상의 작은 순간들

초 판 1쇄 2025년 01월 22일

지은이 박우빈
펴낸이 류종렬

펴낸곳 미다스북스
본부장 임종익
편집장 이다경, 김가영
디자인 임인영, 윤가희
책임진행 안채원, 이예나, 김요섭, 김은진, 장민주

등록 2001년 3월 21일 제2001-000040호
주소 서울시 마포구 양화로 133 서교타워 711호
전화 02) 322-7802~3
팩스 02) 6007-1845
블로그 http://blog.naver.com/midasbooks
전자주소 midasbooks@hanmail.net
페이스북 https://www.facebook.com/midasbooks425
인스타그램 https://www.instagram.com/midasbooks

ISBN 979-11-7355-052-2 03810

값 **18,500원**

미다스북스는 다음세대에게 필요한 지혜와 교양을 생각합니다.

머지않아　오늘을
지나갈　　위하여

스물의 문턱에서 쓰는 일상의 작은 순간들

박우빈 지음

미다스북스

뜨거운 여름이 지나가고 서늘한 바람이 불기 시작하는 10월의 어느 밤, 잠시 눈을 감는다. 이어폰을 꽂고서 듣다가 멈췄던 앨범의 재생 버튼을 다시 누른다. 아주 잠깐 세상을 느껴 본다. 나는 누구일까. 무엇을 사랑하고 있으며 무엇을 위해 살아가고 있는가.

어느덧 나는 스무 살의 문턱 앞에 서게 되었다. 아름답고 찬란한 청춘이 시작될 나이, 스무 살. 주위 친구들은 벌써 오지도 않은 새해 약속을 분주하게 계획한다. 몰려오는 잠을 밀어내고 노래방에서 동이 틀 때까지 노래를 부르는 일, 시끌벅적한 술집의 테이블 위 어묵탕을 두고 소주잔을 부딪치는 건배, 늦은 밤까지 이곳저곳을 돌아다니며 친구와 떠나는 여행. 말로만 듣던 일들은 결국 우리 앞에까지 다가오게 되었다.

다시 눈을 뜨고, 이어폰을 빼 본다. 어둑어둑한 하늘 위 정체 모를 불빛들이 깜빡거린다. 잠시 늦은 밤의 차가운 공기를 천천히

들이마셔 본다. 그리고 내쉰다. 지금 이 순간을 느낀다. 나는 누구일까. 무엇을 사랑하고 있으며 무엇을 위해 살아가고 있는가.

어느덧 아름답던 십 대와의 작별 인사를 준비해야 할 때가 왔다. 꿈만 같은 앞으로의 스무 살은 잠시 뒤로한 채, 너무나도 긴 시간 동안 사랑했던 나의 십 대를 떠나보내 주어야 한다. 영원히 돌아오지 않을 나의 순간들을. 괜히 가슴이 먹먹해져 눈물이 차오른다.

아직 떠나보내기 전, 지금 이 순간을 영원히 기억하고 싶다. 지금 이 순간의 나 자신과 내 시선이 향한 곳을. 내 일상과 그 속에서 내가 사랑하는 것들을.

열아홉을 떠나보내기까지 남은 두 달의 시간 동안 나의 일상을 조심스레 책에 새겨 본다. 시간이 지나 지금의 나를 그리워하는 순간이 오면 언제든지 마음 놓고 그리워하라고, 한 글자 한 글자로 영원히 남을 나의 열아홉을 열렬히 사랑하라고 글을 써 내려간다. 스물의 문턱에서 일상의 작은 순간들을 써 본다, 머지않아 지나갈 오늘을 위하여.

박우빈

1

향유하는 시간

평범한 일상을 사랑하는 과정

2

표현하는 시간

타인에게 나라는 세계를 나타내는 방법

향유하는 시간

평범한 일상을 사랑하는 과정

1

평범한 일상을 향유하면서 느끼는 행복에 대한 이야기가 담겨 있습니다.

인생에서 딱히 특별한 일이 없더라도, 어떻게 행복을 느끼며 희망찬 나날을

살아갈 수 있는지에 대해 다루었습니다.

시선을 담아내는 글

인생에 한 번 있을까 말까 한 큰 행운보다
날마다 일어나는 소소한 편안함과 기쁨에서 행복을 더 많이 찾을
수 있다.

– 벤자민 프랭클린

　나에게는 어릴 때부터 지금까지 오랜 시간을 함께한 친구가
한 명 있다. 나와 너무도 닮은 그와 같이 유년 시절을 보내다 보
니 어느새 어른이라는 수식어가 코앞까지 다가왔다. 세월이 흐
른 만큼 나는 그에게 자신보다 그를 더 잘 알고 있는 사람이 되
었으며 그 또한 내게 그런 존재가 되었다. 우리는 따스한 햇살로
맞이하여 부드러운 달빛으로 작별하는 몇천 번의 하루들을 함
께 영위했다. 서로 보고 듣고 느낀 것들을 끊임없이 공유해 세상
에 둘도 없는 각별한 사이가 되었다. 그럼에도 우리는 아직도 서
로에 대해 알지 못하는 것들이 너무나도 많다. 어쩌면 우리는 죽

기 전까지도 서로를 완벽히 이해했다고는 못 할 것만 같다.

    혼자 방 안에서 하얀 벽지를 멍하니 바라보다가 문득 옛날의 그가 생각나 컴퓨터에 남아 있던 입사지원서를 열어 보았다. 증명사진의 바로 밑에 있는 문단이 보인다. 천천히 읽어 보자. 첫 문장에 적혀 있는 '책임감'과 '리더십'이 눈에 띈다. 두 단어가 '저는 이런 사람이에요.'를 강력하게 어필하는 것만 같다. 계속해서 자기소개서를 읽어 본다. 그가 여태까지 해 온 대외 활동들, 사람들을 이끌었던 이야기, 타자와의 갈등을 최선의 방법으로 해결한 사례들이 조화를 이루며 그가 누구인지를 소개한다. 단언컨대 자기소개서 안에서 존재하는 그는 인격적으로 흠이 없는 귀감으로 삼기 완벽한 사람일 것이다.

    그러나 이미 그에 대해 잘 알고 있는 나는 자기소개서의 대부분이 가식으로 이루어져 있다고 생각한다. 그는 마주했던 백 번의 상황 중에서 자신이 잘 대처했던 두세 번의 이야기들로 자신을 치장했다. 그는 모든 일을 책임질 수 있는 영웅 같은 사람이 아닌데도 말이다. 문득 좋은 인상만을 눌러 담은 글이 정말 자기소개서라고 불릴 수 있을까. 글을 읽기만 해서 그를 완벽히 정의할 수 있을까 싶은 의문이 들었다.

나는 살면서 여태까지 한 번도 솔직하게 나를 소개하는 글쓰기를 해 본 적이 없었다. 영상을 보고 무엇을 느꼈는지, 책을 읽고 어떤 것을 배웠는지, 주어진 문제를 어떻게 풀었는지 같은 누군가가 시키는 대로만 글을 썼다. 오늘 갑작스레 어떤 생각이 머리를 스쳤는지, 아버지와의 짧은 통화에서 어떤 기백을 느꼈는지, 어떤 시선으로 세상을 바라보는지를 기꺼이 써 본 적은 단 한 번도 없었던 것이다. 이전까지 썼던 글은 대부분이 수동적이며 작위적인 내용들이었다. 글을 쓰지 않은 이유가 있다면 아무래도 글쓰기에 대한 부담감 때문이었다. 찰나에 했던 작은 생각들이 세상에 영원히 남게 되어 나를 포함한 누군가가 언제든지 나의 가치관을 평가할 수 있다는 사실이 두려웠다. 언제나 내가 글을 쓰고 나면 타자가 글을 읽고서는 그 글로 나를 평가하고 정의했다. 그렇기에 더욱 내가 어떤 시선으로 세상을 바라보는지를 선뜻 글로 남기기가 망설여졌다. 나는 어떤 글이든 잣대를 세워 점수를 매기려는 날카로운 시선들 사이에서 언제나 정해진 답과 꾸며 낸 이야기들을 적어 내기 바빴다.

내 글은 타자가 만족하면 그대로 끝인 무언가에 불과했다. 그저 글을 읽는 사람들이 흥미로워하고, 나를 가르치는 누군가가 흡족해하며, 나를 평가하는 위치에 있는 누군가가 나쁘지 않다고 느끼는 글만 쓰면 됐다. 글쓰기는 타인의 시선을 의식하는 사람들에게 좋은 평가를 할 수 있는 하나의 과제로 무의식중에 자리 잡았다.

그래서 누가 시켜서 쓰는 게 아닌 나만의 글쓰기로 채운 책을 내기로 했다. 이는 평생 자의로 쓴 글이 손에 꼽히는 나에게 무엇보다도 의미 있는 일일 것이다. 나만의 글쓰기에서는 타자를 위해 꾸미려 노력하지 않고 오로지 내가 바라보는 시선을 있는 그대로 적어 낸다. 이제는 일상에서 느끼는 감정을 '예쁘다.', '멋지다.'와 같은 틀에 박힌 표현들로 적어 내려고 하지 않는다. 그런 글들은 흔한 정보 덩어리 중 하나일 뿐인 글이 되어 버리기 때문이다.

나만의 글쓰기는 지금 이 순간 느끼는 나만의 느낌과 시선을 담는 데 집중한다. 모든 사람이 똑같이 바라보며 느낄 수 있는 것들을 나만의 시선으로 바라보며 느낀 점들로 글을 써 내려간다. 그렇게 끝내 마침표를 찍고 완성된 글은 온전한 '나'로 영원히 세상에 남는다. 남에게 보여 주기 위해서 쓰는, 나를 꾸미기 위해 쓰는 글이 아닌 그 순간의 나를 표현하는 하나의 필름 사진으로 간직할 수 있게 되는 것이다.

삶의 시선을 담는 글쓰기는 무엇보다도 나 자신을 명확하게 표현할 수 있는 수단이 된다. 나를 소개하는 글을 쓴다면 나만의 글쓰기로 구성될 것이다. 모두가 가지고 있는 이름과 성별, 나이와 같이 정보에 불과한 이들은 나를 완벽히 표현할 수 있는 대상이 되지 못한다. 타자가 나라는 사람이 누구인지를 진정으로 아는 방법은 내가 바라보고 있는 곳을 같이 바라보며 느끼는 일인 것이다. 내가 사랑하는 삶은 무엇이고 왜 사랑하며 어떤 시간을 보내는지와 같은 내용들은 나의 시선을 통해 서서히 전달된다.

나의 시선을 타인이 볼 수 있게 남긴 글은 나 자신을 위한 글쓰기에 더욱 가깝기도 하다. 글을 쓰던 순간의 나에게는 다시 글을 읽는 미래의 나 또한 한 명의 타자이기 때문이다. 오늘 내가 쓴 글을 읽는 내일의 나는 오늘의 나와 다른 사람이다. 그는 오늘의 내가 어떤 생각을 하고 어떤 느낌을 받았는지를 전부 이해할 수 없다. 그렇기에 어떤 하루의 시선을 담아 둔 글은 나중에 어릴 때의 나를 추억하는 데 매우 큰 열쇠가 된다. 처음 자의적인 글쓰기를 시작한 이유도 그 이유 때문이다. 십 대 때의 생각들을 글로 남겨 두어 어린 나의 하루들을 영원히 기억하기로 했다. 무슨 시선을 가지고 삶을 살아왔으며, 무엇을 사랑하고, 무엇을 추구해 왔는지 글을 통해 떠올리고 싶다. 지금의 글쓰기는 미래의 내게 나를 기억해 달라고 속삭이는 편지 한 통인 것이다.

어른이라고 불릴 수 있을 어느 날 문득 책을 폈을 때 좋아하는 취미, 힘들었던 일들, 기분 좋았던 일들과 '즐거웠다.', '심심했다.'와 같은 한마디로 정의할 수 있는 일기들로 덕지덕지 칠해진 벽화를 보고 싶지는 않다. 세상 누구도, 심지어 글을 읽고 있을 나조차도 따라 할 수 없는 개성이 넘치는 그림들로 채워진 벽화를 감상하고 싶다. 하나의 그림을 보면서도 '이땐 이런 생각을 했구나.' 하며 오랫동안 곱씹어 볼 수 있는 그런 그림들을 그려 나가고 싶다.

앞으로도 어쩔 수 없이 좋게 보이는 것이 목표일 글들을 쓸 수밖에 없을 것이다. 하지만 지금처럼 기꺼이 쓴 나만의 글은, 언제나 내 언어들을 이용한 나의 시선을 담은 내용들로 이루어져 세상에 영원히 남으리라 믿는다.

지금의 글쓰기는 미래의 내게 나를 기억해 달라고
속삭이는 편지 한 통인 것이다.

일상의 순간들을 사랑하는 일

좋은 생각을 가슴에 품고, 내일의 희망을 그리고, 뜨거운 사랑을 나누자.

— 김종원

새빨간 노을이 저물어 가는 저녁을 사랑한다. 어두운 하늘 밑 가로등이 켜진 고속도로 위를 달릴 때 보이는 풍경을 사랑한다. 시간 가는 줄 모르고 웃고 떠들며 사랑하는 이들과 함께 보내는 밤을 사랑한다. 공원에 앉아 기타를 연주하며 거리를 노래하는 시인들을 사랑한다. 늦은 밤 찬란하게 빛을 내며 세상을 밝게 비추는 별들을 사랑한다. 한적한 공원의 가로등 밑 벤치에 앉아 조용히 읽는 책을 사랑한다. 그러다가 한 번 숨을 크게 들이마시며 올려다보는 보랏빛 하늘 위 초승달을 사랑한다. 또 다른 청춘들과 함께 웃고 떠들며 기나긴 밤을 동이 틀 때까지 버티는 낭만을 사랑한다. 그들이 이야기하는 인상 깊었던 오늘 하루를, 그리고 그 삶의 가치를 사랑한다. 사랑하는 존재들이 비추어 주는 스포트라이트 밑으로 보이는 나 그리고 우리를 사랑한다.

비가 한참 오고 난 후의 밤을 너무나도 사랑한다. 정확하게는 비가 아니라 비가 갠 후 느껴지는 시원한 바람과 공기를 좋아한다. 먼지처럼 마음속에 쌓여 있던 무언가가 저 멀리 날아가 존재조차 잊어버리게 되는 느낌을 기억하기 때문일 것이다. 들이마시면 답답했던 가슴속으로 찬 공기가 차오르며 시원해지는, 거세게 부는 바람 탓에 눈이 따가워지는 순간의 청량함을 잊을 수 없다.

오늘도 사랑할 수 있는 여러 날 중 하나인 하루다. 비가 추적추적 온 후 맑은 공기가 떠다니는 그런 하루 말이다. 밖으로 뛰쳐나가 시원한 바람과 함께 흙냄새가 섞인 밤공기를 마시면서 나도 모르게 활짝 웃으며 "너무 좋다."라고 말해 본다. 비 때문에 축축해진 땅을 밟으며 한발 한발 나아간다. 저 멀리 보이는 나무 한 그루와 깜빡거리는 새빨간 불빛을 바라보며 생각을 곱씹는다. 그리고 느낀다. 섣불리 눈을 감기에는 너무 아쉬운 인생이다. 계속해서 살고 싶다. 이 밤과 달빛을, 이 거리와 그 위로 부는 바람을 사랑하기 위해서 살아가고 싶다.

최근 들어 흔하다고 할 수 있는 일상의 순간들을 사랑하는 일이 잦아졌다. 예전에는 매일 똑같은 거리를 걷고 똑같은 하루를 시작하는 것에 대해 삶이 참 지루하다고 느낀 적도 있다. 하지만 요즘은 삶을 대하는 나의 태도가 조금 달라졌다. 좋아하는 일을 하고, 좋은 사람들을 만나며, 좋은 시간을 보내면서 느끼는 시선들을 글로 정리할수록 살아간다는 것 자체가 너무나도 과분한 일이다. 일과를 마친 후 느꼈던 점들을 글로 써 내려가는 시간을 보내는 매 순간이 좋다. 더욱 다양한 순간들을 느끼고 싶어서 고개를 들면 보이는 풍경들을 한 장면씩 눈으로 담는다. 역에서 나오면 보이는 서점이 딸린 건물과 길거리의 풍경들은 매일 새로운 분위기를 풍기며 나를 반긴다. 항상 내 앞에서 빨간 불로 바뀌는 신호등은 주변을 둘러보라고 내게 이야기하는 듯하다. 하나라도 더 많이 눈에 담아 두고 싶어 쉽사리 휴대폰을 켜지 못한다. 거리를 걷는 그 순간들을 느끼며 계속해서 발걸음을 옮긴다.

　지인들은 내가 사소한 일상을 사랑하는 것을 볼 때마다 항상 삶을 낙관적으로 사는 것 같다고 말한다. 삶을 긍정적으로 바라보는 것, 어떠한 희망을 품고 바라보는 것. 낙관이 그런 것이라면 정말 지금의 나는 낙관으로 가득 채운 하루를 살고 있을지도 모른다. 하지만 나 또한 다른 사람과 비슷한 상황 속에서 시간을 보내며 살아간다. 어쩌면 우리 모두가 낙관적인 태도로 삶을 바라보아야 하진 않을까. 진정한 행복은 똑같은 삶을 다르게 바라보는 관점에서 얻을 수 있을지도 모른다. 있는 그대로를 사랑하게 된다면 더 이상 강남에 제 명의의 빌딩이 있는 사람을 부러워하지 않아도 된다. 남들과 '비교'라는 경쟁의 선상에 서서 스트레스를 받지 않아도 된다. 사랑받아야 마땅하고 감사한 인생을 낙관의 렌즈로 바라보는 것이다. 일상에는 눈으로 담아 둘 아름다운 순간들이 너무나도 많다. 추억으로 저장할 행복한 장면들이 너무나도 많다. 오늘 하나라도 더 사랑하지 못해서 아쉬워하고, 아쉬움을 채우기 위해 내일의 아침을 맞이하길 기다리는 삶을 살아야 한다. 하나라도 더 눈으로 담고 싶어서, 그러지 못해 아까워서라도 내일을 살아가는 그런 삶을 살아야 한다. 사랑하기 위해서 살아가는, 살아가기 위해서 사랑하는.

인생의 신발 끈이 풀렸을 때

삶이 있는 한 희망은 있다.

– 키케로

하루는 길을 걷다가 오른발에 서서히 느슨해지는 느낌이 들어 고개를 숙여 보니 신발 끈이 풀려 있었다. 잠깐 멈추어 끈을 다시 묶는 일은 쉬울지 몰라도 이후 다시 끈이 풀리게 된다면 그만큼 신경 쓰이고 번거로운 일이 없다. 풀린 끈을 무시하게 되면 걸음을 옮길 때마다 끈이 사방으로 튀기며 신발과 발목을 때리기 시작한다. 그런데 그날은 이상하게 계속 끈이 풀린 채로 걷고 있는데도 끈이 튀기는 느낌이 들지 않았다. 왜일까, 고개를 내려 발을 바라본다. 신발 끈을 바지의 밑단이 덮어 주고 있어 걷는 데 지장이 없었던 것이다. 덕분에 끈이 풀렸는데도 걷는 길이 위험하지 않다. 덕분에 당장이 아니라 원하는 때에 다시 끈을 묶을 수 있는 여유가 생긴 것이다.

어쩌면 인생에서도 신발 끈이 존재하는 것은 아닐까 싶다. 살아가면서 여러 번 끈이 풀려 버릴 때가 찾아온다. 사랑하는 사람과의 사별, 연속되는 시험이나 면접의 불합격 소식, 치료하기 힘든 병에 걸렸다는 의사의 진단, 사고나 사기로 하루아침에 진 산더미 같은 빚 등의 벽은 앞만 보며 걷던 우리가 더 이상 걷는 걸 포기하고 싶게 만든다. 마치 풀려 버린 끈이 영원히 나를 괴롭힐 것만 같아서 다시 끈을 묶을 생각조차 하지 못하게 되어 버린다. 고통 속에서 오랜 시간을 보내다 보면 내가 어떨 때 행복하며 무엇을 사랑하는지도 서서히 잊어 간다.

다시 삶을 예전과 같은 일상으로 돌리기 위해 필요한 건 신발 끈을 다시 묶는 과정이다. 끈이 풀렸다고 해서 자리에 주저앉아서는 안 된다. 어떻게든 다시 끈을 묶어야 한다. 하지만 우리의 삶은 끈이 풀리더라도 계속 걸어야 하기에, 풀린 끈을 묶으려면 상황에 따라 꽤 오랜 시간이 걸릴지도 모른다. 그렇기에 끈을 다시 묶기 전까지는 항상 침착하고 조심스럽게 가던 길을 걸어가야 한다. 다시 묶을 순간이 올 때까지의 시간을 천천히 버틴다. 그 시간을 버티지 못한다면 상황은 더욱 악화되어 정말 평생 끈을 묶을 수조차 없어지기 때문이다.

동굴 다이버들이 가장 많이 죽는 이유는 돌발 상황에서의 판단력 때문인데, 대부분 예상치 못한 상황이 발생했을 때 침착함을 유지하지 못하고 흥분해 질소 중독으로 사망하는 경우가 많다. 죽지 않으려면 힘든 상황에서도 침착하게 이 상황을 이겨 낼 수 있다고 생각하며 목적지까지의 다이빙을 끝마쳐야 한다. 어쩌면 우리도 삶이라는 거대한 동굴에 다이빙한, 언제 닥칠지 모르는 위험한 상황에 노출된 다이버와 같지 않을까. 다이빙을 함께하던 동료의 사망을 목격하거나, 암초에 장비가 끼거나, 목적지에 도착하기도 전에 너무 많은 양의 산소를 사용해 버렸을 때와 같은 돌발 상황에서도 우리는 삶 속에서 노련한 다이버처럼 항상 침착함을 유지할 수 있어야 한다.

오랫동안 침착함을 유지하려면 언제든지 기댈 수 있는, 신발 끈을 덮어 주었던 바지와 같은 믿을 수 있는 사람을 곁에 두는 것이 좋다. 삶의 지지대 같은 사람은 신발 끈이 풀려도 그 끈을 꽉 감싸 주어 다시 끈을 묶기 전까지 안전하게 걸을 수 있게 도와준다. 그렇기에 우리는 힘든 상황 속에서 다른 누군가에게 적절히 기대는 방법을 배울 필요가 있다. 내가 겪고 있는 문제에 대해서 다른 사람은 어떻게 생각하는지, 어떤 해결 방법을 알고 있는지 등을 같이 머리를 맞대고 고민해 볼 수 있다. 이를 통해 혼자 생각하지 못했던 여러 가지 해결 방법을 찾을 수도 있으며, 내 문제를 함께 나누고 공감해 주는 상대방을 보며 위안과

격려를 받을 수도 있을 것이다.

　어떤 사람들은 남에게 자신의 고민을 솔직하게 이야기하기
어려워한다. 귀담아들어 주는 사람들을 악용하는 사람들이 많
아지며 가짜 고민과 진짜 고민을 판단해야 하는 세상이 왔다.
그들은 이런 세상 속 타자에게 습관적으로 의존하는 사람처럼
보이진 않을까 싶어 쉽사리 남에게 기대지 못하기도 한다. 그러
나 힘들면 기대야 한다. 고민은 끝없이 밖으로 나오고 싶어 하
기에 누군가에게 털어놓아야 곪지 않는다. 적정선 사이에서 상
대방에게 잠깐 기대어 휴식한 후 상대방의 고민과 이야기들도
들어 준다면, 서로가 서로에게 든든한 나무와 덩굴과 같은 존재
가 될 것이다.

　그러다 다시 끈을 묶는 순간이 오면, 지지대가 되어 준 그를
부둥켜안아 주고 끈을 묶고서 일어나 가던 길을 걸으면 된다.

상상은 곧 현실이 된다

상상할 수 있는 모든 것은 현실이 될 수 있다.

－ 파블로 피카소

"꿈은 이루어진다.", "말이 씨가 된다."와 같은 말들을 무척이나 믿는 편이다. 무언가를 계속해서 상상하면 시간이 얼마나 걸릴지 몰라도 언젠가 상상이 현실로 바뀌는 순간이 온다고 믿는다. 여태까지 살아가면서 대부분 계속해서 상상했던 희망은 현실이 되었다. 그렇기에 누군가에겐 미신이거나 읽고 흘리는 속담 따위일지 몰라도, 나에게는 삶을 살아가는 하나의 가치관으로 여겨지기도 한다.

동기부여의 중요성을 이야기하는 수천수만 개의 문장들은 모두 똑같이 결국에는 '계속해서' '상상'하라고 이야기한다. 상상함으로 인해 성취를 미리 들여다보고 더욱 가까워질 수 있기 때문이다. 상상은 잠깐이나마 목표의 도달점에서 얻는 황홀함과 기쁨을 체험하게 해 준다. 목표에 도달함으로 인해 어떤 행복을 얻을 수 있는지, 그것으로 우리의 삶에 어떤 변화가 생길지를 느끼게 해 주며 마음속에 상상을 현실로 만들고 싶다는 동기를 심어 준다. 실현하고 싶다는 생각을 거듭할수록 이는 곧 동기가 된다. 계속해서 상상할수록 현실을 살아가고 있는 나 또한 상상 속의 나처럼 되기 위해 노력하기 시작한다. 그 노력은 곧 목표를 이루기 위해 나아갈 수 있는 자동차의 엔진처럼 나를 받쳐 준다.

상상은 계속해서 어떤 일을 할 수 있게 하는 당위성이 되기도 한다. 그 일을 포기하고 싶을 때, 이 이상만큼은 도저히 할 수 없을 것 같을 때, 원하는 성취에 도달한 꿈을 상상한다. 이 일을 끝내면 행복해질 수 있다. 이 일을 끝내면 상상을 현실로 만들 수 있다. 그러다 보면 다시 한계를 잊고 하던 일을 이어 나갈 수 있게 된다. 모든 일은 동기부여를 통해 움직일 수 있게 되며, 동기부여는 곧 상상을 거듭하는 것으로 피어난다.

그런데 계속해서 상상했음에도 큰 동기부여를 받지 못한다고 느낄 때도 있다. 나는 상상이 도움이 되지 않을 때면 내가 지금으로부터 너무 멀리 떨어진 목표부터 상상하고 있진 않은가

돌이켜 본다. 야구를 꾸준히 배워서 구속을 10km 올려 보겠다는 상상은 동기부여를 주지만, 당장 야구 선수가 되겠다는 상상은 감흥이 없을지도 모른다. 글을 계속해서 써서 한 편의 책을 만들겠다는 상상은 동기부여를 주지만, 출판한 책이 불티나게 팔려 유명한 작가가 되겠다는 상상은 오히려 실감하지 못할지도 모른다.

멀리 떨어져 있는 커다란 상상들이 나쁘다는 이야기는 아니다. 모든 일에는 단계가 있기에 그저 너무 먼 단계를 바라보고 있는 것은 아닌지 계속해서 고민해 보아야 한다. 상상은 그 자체만으로도 희망을 주지만, 희망은 상상을 현실로 만들어 낸 경험에서 더욱 효과적인 동기를 준다. 살아가며 마주하는 모든 것들의 근간은 믿음으로부터 나온다. 계속해서 상상하면 현실이 된다는 사실을 믿을 수 있게 되는 것은 그다음의 목표를 이루기 위해 올라갈 수 있는 튼튼한 동아줄이 된다. 그렇기에 계속해서 상상해도 도저히 이루어지지 않는 일이 있다면 너무 먼 단계의 상상만 하는 것은 아닌지 생각해야 한다. 어쩌면 저 멀리의 목표만을 바라보며 당장 이루어 낸 목표들을 잊고 있는 것은 아닌지 말이다.

긴 인생을 살아왔다고는 말할 수 없겠지만, 내 삶에서 크고 작게 주어지는 목표들에 대해 꾸준히 상상해서 이루어지지 않았던 목표는 거의 없었다. 상상은 안주하게 되는 것이 아니라 도리어 움직일 수 있게 하는 힘을 불어넣어 준다. 이 힘으로부터 시작되는 일들이 대개 이루지 못할 것만 같은 목표도 언젠가 이룰 수 있게 돕는다. 지금도 힘을 얻기 위해 나는 계속해서 작고 큰 목표를 상상하며 하루를 살아간다. 글을 쓰는 지금도 소중한 사람들에게 좋아하는 작가의 책을 선물하고 싶다며 내 책을 건네는 상상을 해 본다. 그러다 보면 어느새 막막하던 다음 문장을 쓸 수 있게 된다.

삶의 목표들은 꾸준히 상상할수록 더욱 가까워지기 마련이다. 그러다 보면 더 이상 상상이 아닌 현실로 다가와 우리를 안아 줄 날이 찾아오게 될 것이다. 삶은 그렇게 설계되었고, 이전까지 그렇게 되어 왔으며, 앞으로도 그렇게 될 것이라고 나는 굳게 믿는다.

올바른 길을 안내해 줄 삶의 가이드

선생은 영원한 영향력을 안겨 주는 사람이다.

- 헨리 아담스

   살다 보면 좋은 가이드를 만나는 게 꽤 중요한 일이라고 느낀다. 무언가를 처음 시작할 때는 올바른 방향으로 갈 수 있게 하는 가이드가 필요하다. 어떤 경우에는 혼자서 방향을 잡고 나아갈 수도 있겠지만 대부분은 누군가가 해 주는 안내를 잘 듣거나 방향을 잡도록 하는 지침서를 읽으며 방향을 잡기 시작한다. 시작한 이후에도 계속해서 방향을 잡는 일은 중요하다. 길을 걸을 때 잠깐 눈을 감은 채로 길을 걷다가 다시 떠 보자. 동일하게 앞으로 나아가고 있다고 생각했는데도 왼쪽 또는 오른쪽으로 방향이 치우쳐져 있을 것이다. 이미 걷기 시작했음에도 중간에 방향을 잡는 일을 멈추면 짧은 시간 안에 너무나도 쉽게 방향을 잃는다. 어떤 일이든 방향을 잡아 줄 수 있는 좋은 가이드를 만나는 것이 중요하다고 생각한다.

가이드가 없으면 올바르지 못한 쪽으로 틀어질 수 있게 된다. 그런데 틀어지지 않는 경우에도 지속적으로 방향을 확인해 줄 수 있는 무언가가 없는 상황이라면 '잘하고 있는 것 맞나?' 싶은 생각이 든다. 그 후로는 '이렇게 해도 되는 건가?', '아니면 어떡하지?', '하면 안 되는 거 아니야?'와 같은 생각에 점점 깊게 들어가 버려서 해야 한다는 의지를 잃고 멈춰 버릴지도 모른다. 잘못된 곳으로 계속해서 나아가는 것 또한 위험하지만, 불안감에 의해서 계속 해 오던 일을 의심하다 끝내 멈추어 버리게 하는 것도 정말 위험하다.

좋은 가이드는 어떻게 만날 수 있을까. 우리는 살면서 같은 시간을 함께할 다양한 가이드를 만난다. 가이드들은 각자 자신이 알고 있는 방침을 우리에게 전달해 주며 삶의 여러 부분을 인도해 준다. 태어났을 때는 부모님이 우리를 책임지고 유년 시절을 안내하는 가이드가 된다. 학교에 입학했을 때는 선생님이 번갈아 가며 한 해를 책임져 줄 가이드가 된다. 어떤 일이든 가이드는 함께 가까운 곳에서 많은 시간을 보낼수록 그만큼 큰 영향을 미친다. 무엇보다도 인생에서 가족과 선생님만큼 큰 영향을 주는 가이드는 단언컨대 친구일 것이다.

친구를 잘 사귀어야 한다는 이야기는 너무나도 흔히 널려 있다. 성공한 인생을 사는 방법을 물었을 때 누구나 항상 하는 말 중 하나이며 오죽하면 '친구 따라 강남 간다'는 속담까지도 존재할 정도다. 중학교나 고등학교 때 학생들은 학교에서 대부분의 시간을 보내기 때문에 부모님이나 선생님보다 친구가 더욱 편하고 믿을 만한 존재라고 느끼기도 한다. 실제로도 친구의 말, 즉 나와 가장 가깝게 지내고 있는 가이드의 말을 듣고 전공을 선택하거나, 직업을 바꾸거나, 크게는 인생의 전반을 바꾸는 경우도 드물지 않다.

그렇기에 친구를 사귈 때는 꼭 배울 점이 있는 친구를 사귀어야 한다. 어떤 면에서는 내가 그의 가이드가 될 수 있을지 몰라도, 내가 가지고 있지 못한 것을 안내해 줄 수 있는 사람이 인생에서 진정한 좋은 가이드로 남게 된다.

'배울 점이 있다'는 의미는 결국 '배워야 알 수 있다.'라는 말과도 닮았다. 오랜 시간을 친하게 지냈다고 하더라도 배울 점이 있는 친구에게 '배울 점'은 항상 우리가 모르는 새로운 관점으로 다가온다. 반대로 배울 점이 없는, 즉 모든 정보를 알고 있어 더 궁금한 게 없는 사람은 친구가 되기도 전에 쉽게 흥미가 떨어진다. '배울 점'은 친구가 되기 전 처음 만났을 때의 인상이나 대화할 때 느껴지는 매력으로 다가오기 때문에, 어쩌면 우리는 의식하지 않고 있어도 자연스레 배울 점이 많은 사람과 친구가 되고 싶다고 느끼고 있을지도 모른다.

좋은 가이드를 찾았다면 이들이 안내해 주는 내용을 반증하기 위해 노력하는 것도 많은 도움이 된다. 인생에서 중요한 결정을 해야 할 때 다양한 사람들에게 찾아가 조언을 구하는 이유 중 하나이기도 한데, 어떤 방향이든지 언제든지 그 방향을 반박할 수 있어야 한다. 삶은 수학처럼 무언가를 증명하는 공식이 있지 않아서, 주어지는 방향을 계속해서 반박하고 테스트해 보며 방향을 잡아가야 한다. 우리 각자는 좁은 부분부터 넓은 부분까지 너무나도 다양하고 고유해서 어떤 방향이 확실히 올바르다고 정의할 수가 없다. 계속 방향을 반증하고 고쳐 가면서 걷어 낼 부분을 걷어 내고 더할 부분을 더하며 정답에 가까운 방향으로 나아가야 한다. 그렇기에 다양한 사람의 의견을 많이 들어 보아야 더욱 많은 반증을 시도해 볼 수 있게 된다.

결국에는 다양한 사람을 많이 만나 보는 것, 그리고 그들 중 믿을 만한 가이드에게 도움을 받는 것이 인생에서 꽤 중요하다고 말하고 싶다. 나에게 현명한 방향을 제시해 줄 수 있는 가이드, 그리고 그것을 반증해 줄 수 있는 또 다른 가이드만 있다면 그릇된 쪽으로 방향이 치우치거나 가고 있는 길에 대한 의심으로 하던 일을 멈추는 일은 없을 것이다. 믿을 수 있는 인생의 가이드를 만난다는 것이 기초적이면서도 제일 중요한 일이라고 믿는다.

바라만 봤던 것들을 이루어 냈다는 건

당신이 할 수 있다고 믿든, 할 수 없다고 믿든, 믿는 대로 될 것이다.

– 헨리 포드

바라만 봤던 것들을 마침내 이루어 끝이 보이지 않는 바다의 맨 끝에서 뒤를 돌아 헤엄쳐 온 물결을 바라볼 때의 기분은 어떠할까. 오랫동안 차고 있던 족쇄를 풀어 버리는 것만 같은 해방감, 매일 꾸던 꿈을 현실로 이루었다는 만족감, 긴 여정의 과정을 떠올리며 다가오는 시원함과 약간의 섭섭함 같은 말과 글로 완벽히 담아낼 수 없는 여러 감정이 파도처럼 밀려올 것이다. 이를 느껴 보았던 이들이 공감하고 추억하며 떠올릴 수 있는 감정들은 안개처럼 오다 사라지는 단순한 쾌락을 뛰어넘는다. 기나긴 여행을 떠나는 사람들의 끝은 꼭 만족감과 안도감을 느낄 수 있는 곳이기를 바란다. 미묘한 감정을 마음에 새기고 눈을 감아 지난날을 주마등처럼 돌이켜 볼 수 있는 곳이기를.

꾸준함이 주는 힘

강물은 바위를 부술 수도 있다. 강물이 바위를 부술 수 있는 것은 강한 힘이 있어서가 아니고 꾸준하기 때문이다.

– 제임스 왓킨스

인생에서 꾸준하게 무언가를 하기란 어려운 일이다. 꾸준함은 삶에서 눈에 보이는 즉각적인 보상을 약속하지 않기 때문이다. 세상은 눈에 보이는 것들을 중시한다. 당장 어떤 일을 함으로 이에 대한 보상을 받을 수 있는 그런 일들을 선호한다. 그리고 곧 그런 일들이 세상의 이치이자 진정한 성공이며 정답이라고 믿게 만들려고 노력한다. 그러나 진정한 삶의 정답이란 우리가 눈으로 볼 수 없는 곳에 존재하는 것은 아닐지.

나는 꾸준함의 힘을 사랑한다. 꾸준함은 당장 눈에 티가 날 정도로 보이지는 않으나, 어느 날 '어?' 하고 뒤돌아보면 엄청나게 많은 일을 이루어 낸 나의 발자취를 돌아볼 수 있게 해 준다.

이는 꾸준함으로 인해 거대한 성장을 이루어 낸 기록들이다. 매일 꾸준하게 몇 시간 동안 운동을 한 사람은 어느새 눈에 띄도록 체력이 늘어났을 것이다. 매일 자신만이 할 수 있는 음악을 제작하고 가사를 쓰는 사람은 언젠가 유명한 가수가 되어 있을 것이다. 꾸준함의 결과는 우리의 삶에서 깜짝선물처럼 다가온다. 평소에는 사서 고생하는 시간 낭비인 것처럼 느껴지다가도 어느새 귀중한 선물들을 한꺼번에 주고서 떠난다. 어쩌면 모두가 꾸준하게 무언가를 하려는 이유는 이런 꾸준함이 주는 선물에 대한 기대감에서 나올지도 모른다.

그런데 나는 꾸준함이 주는 선물뿐만 아니라 꾸준함을 유지하는 것 그 자체에 대한 과정 또한 사랑한다. 무언가를 꾸준하게 한다는 것은 단순한 목표 성취 그 이상의 무언가를 느낄 수 있게 한다. 꾸준함을 달성하기 위해서는 매일의 고통과 피로감, 게으름과 유혹들과 같은 모든 상황을 이겨 내야 한다. 그렇기에 꾸준함을 달성한다는 그 자체를 존경한다. 꾸준함을 통해 도달하려는 목표 하나만을 위해 계속해서 하루도 빠짐없이 노력하는 모든 사람을 존경한다. 꾸준함이 우리 삶에서 어렵게 다가오는 이유는 대개 그런 것들 때문일 것이다. '하루도 빠짐없이'라는 말은 언제 들어도 너무 어려운 말이다.

나에게는 글쓰기가 꾸준함의 영역으로 다가온다. 친구들과 여행을 가서 계속해서 놀고만 싶은 유혹에도, 하루 종일 여러 일정을 소화하며 밤늦게 돌아온 집에서도, 컨디션이 좋지 않아 아무것도 할 수 없을 것만 같을 때도 나는 꾸준함을 유지하기 위해서 글을 썼다. 느껴 본 바로써의 꾸준함은 많은 방해 요소를 이겨 내야 한다. 많은 감정들을 억제해야 하고 많은 유혹들 사이 계속해서 평정심을 유지해야 하며 계속해서 버텨 내야만 겨우 이겨 낼 수 있는 것이었다. 그렇기에 나는 계속해서 하루도 빠짐없이 글을 쓰려고 노력한다. 그래야만 꾸준함의 과정에서 무언가를 얻을 수 있다고 믿고 원하는 것을 이룰 수 있는 사람이 될 수 있다고 믿는다. 꾸준함이 주는 선물과 과정으로 인한 경험을 위해 오늘도 글을 쓴다.

어쩌면 꾸준함을 유지하는 데 도움을 주는 것은 이때까지의 꾸준했던 하루들에 대한 아쉬움에서 나오는 것은 아닐까. 잠깐의 유혹에 이끌려 여태까지의 하루들을 부정당하는 기분이 오히려 꾸준함을 고수할 수 있게 도와주는 것 같기도 하다. 나의 오늘은 글쓰기의 꾸준함을 유지하기 매우 어려운 날이었다. 그러나 여태까지 썼던 글을 다시 읽어 보며 한 자라도 더 써 내려가 나의 이야기를 엮어 내겠다는 이전의 의지를 기억하며 글을 쓴다. 유혹이 다가올 때면 꾸준함을 부정당하지 않기 위해서라도 더욱 꾸준한 사람이 되려고 노력하는 듯하다. 앞으로도 다가

오는 여러 유혹들을 상대로 나의 꾸준함을 지켜 낼 것이다. 꾸준함의 과정으로부터 얻는 성취를 위해, 경험을 위해, 배움을 위해. 순간의 유혹으로 인한 꾸준함과의 영원한 단절이 두려워서라도 계속해서 꾸준함을 지켜낼 것이리라.

그러나 진정한 삶의 정답이란
우리가 눈으로 볼 수 없는 곳에 존재하는 것은 아닐지.

목표의 종점에 다다랐을 때

사람이 여행을 하는 이유는 도착하기 위해서가 아니라 여행하기
위해서이다.

– 괴테

사실 기나긴 여정은 목표를 잡고 노력했을 때 더욱 가치 있게
느껴지는 건 아닐까. "사람이 여행을 하는 이유는 도착하기 위
해서가 아니라 여행하기 위해서이다."라고 이야기한 괴테의 말
은 상징적으로 여러 의미가 있는 듯하다. 단순히 어딘가로 가는
여행이 아니라, 삶이라는 기나긴 여행 속 여러 목적지를 향해
나아가는 행위에 대한 이야기로도 들린다. 사실 목표의 종점이
존재하는 이유는 도착하기 위해서뿐만 아니라 도착을 위해 거
친 수많은 과정을 위해서는 아닐지. 과정을 통해서 결과를 이루
었다는 그 경험이 앞으로의 여정에서도 더 많은 무언가를 이루
어 낼 수 있다는 가능성을 만들어 준다. 과정을 거치는 일을 배

움으로 인생에 존재하는 나머지 목표들 또한 이루어 낼 수 있게 되는 것이다.

이전 회사에서 잠깐 인턴으로 일했을 때 흥미로운 이야기를 많이 전해 들었던 기억이 난다. 공동대표로 설립된 열 명 규모의 회사였는데, 대표인 두 분은 같은 대학교에서 동기로 만나 같이 창업을 시작하셨다. 어느덧 인턴 기간이 끝나갈 때쯤 회식 자리에서 과정에 관한 이야기로 주제가 흘러간 적이 있다. 대표님들은 고등학교 때 공부를 하는 이유가 좋은 학벌을 얻기 위해서도 있겠지만, 그 과정으로 만들어진 습관으로 무언가를 이루는 경험을 하는 데 본질이 있다고 이야기하셨다. 수능을 보기 전까지의 19년이라는 삶은 우리의 인생을 전체적으로 바라보았을 때는 너무 짧은 시간이다. 그렇다면 이 짧은 시간 동안 수능이라는 목표를 위해 공부를 하는 이유는, 어쩌면 앞으로의 인생을 살아가기 위해 달려 나가는 과정을 배우기 위해서는 아닐까.

시간은 움직일 때 흘러간다

나는 다름 아닌, 내가 걸어온 세계다.

― 월리스 스티븐스

　요즘은 출퇴근길을 제외하고 하루에 30분 이상은 야외에서 보내려고 매일 노력한다. 약속이 없는 날 집에만 있으면 우울해지는 것은 물론 SNS를 유영하며 보내는 시간이 조금 아깝다고 느껴진다. 물론 효율적이거나 생산적인 측면에서 산책을 바라본다면 집에서 SNS를 보는 것과 매한가지로 큰 도움이 되는 일은 아닐 것이다. 그러나 나는 꼭 산책이 아니더라도 어딘가로 움직이는 시간을 기분 좋게 시간이 흘러간다고 받아들일 수 있는 듯하다. 한 걸음 한 걸음 어딘가를 향해 걸어 나가면 시간은 걸음을 따라 흘러간다. 하지만 가만히 누워 휴대폰을 바라볼 때는 시간의 흐름을 느끼지 못할 때가 잦다. 시간을 어떻게 사용했는지를 인지하기 어려워지기 시작하면 어떤 공허함과 죄책감이 몰려오기도 한다. '남들이 열심히 노력할 때 난 시간을 날렸어.'와 같은 생각은 이럴 때 나오는 것이 아닐까 싶다. 시간을 허비했다는 감정은 주로 시간의 흐름을 인지하지 못하고 있을 때 느낀다. 그런 면에서 산책이 SNS와 똑같이 의미 없어 보일지라도, 밖에 나가 몇 분 걸으면 그리 시간을 낭비했다는 죄책감은 들지 않는다.

그래서 주로 저녁 시간대에 집 앞 산책로를 따라 걸어 다니는 일을 즐긴다. 걷다 보면 보이는 농구 경기를 하는 사람들, 귀에 이어폰을 꽂고 달리기를 하는 사람, 강아지와 산책하러 나온 사람을 바라보면 희미하게 기분이 좋아진다. 일부러 차가 지나가는 소리, 물이 흐르는 소리나 사람들의 말소리를 듣고 싶어 이어폰을 빼고 걷다 머릿속에 듣고 싶은 음악이 생각나면 이어폰을 끼고 노래를 들으면서 걷는다. 아직 동네가 익숙하지 않은 탓인지 발이 닿는 곳으로 어디든지 돌아다니는 일은 항상 새롭게 다가온다. 그러다 폰을 켜 시계를 보면 항상 한 시간이 훌쩍 넘어 있다.

산책할 때도 나는 최대한 기존에 모르던 길로 가 보려고 하는데, 이로부터 필요했던 무언가를 얻을 수 있을 거라는 무언의 믿음 때문이다. 몰랐던 길을 가는 일은 마치 모험을 떠나는 것과도 같아서, 계속해서 걸을수록 눈에 담기 바쁜 아름다운 장소를 찾게 되거나 필요했던 무언가를 얻을 기회가 생기기도 한다. 퇴근 후 운동을 처음 시작했을 때 체육관이 퇴근길의 반대 방향에 있어 꽤 걸어야 해서 마음에 들지 않았다. 체육관을 가는 첫날, 몇 달을 살면서 단 한 번도 가 보지 못한 곳을 처음 걸어 보았다. 그런데 그 길에서 평소에 다니던 마트의 가격보다 훨씬 저렴한 가격에 식재료를 파는 마트를 찾을 수 있었다. 또 최근에 농구를 하고 싶은 마음이 생겼으나 장소가 없어 포기했었는데, 처음 가 본 길의 산책로 옆에 당장 농구장이 있어 모르는 사람들과 짧게 농구도 즐기고 집으로 돌아왔다.

어쩌면 단순히 산책이라는 것은 크게 해석하면 내가 삶을 살아가는 세계를 넓히는 일은 아닐까 싶다. 가 보지 않았던 곳을 직접 방문함으로 삶을 살아가는 나만의 공간과 더불어 세계가 넓어진다는 기분을 느낀다. 세계가 넓어질수록 드넓은 우주에 별을 수놓는 것처럼 여러 공간에 내 삶의 조각들을 더욱 많이 되새길 수 있다. 눈으로 풍경을 담아 추억하고, 사진을 찍어 남기거나, 친구와 함께 길을 걸으며 이야기들을 담는다. 화나거나 속상한 일이 있더라도 잠깐 좋아하는 음악을 들으며 걸으면 그 순간만은 잠시나마 하고 있던 고민을 잊게 되기도 한다. 더 이상 시간이 고인다는 기분이 들지 않고 마음껏 세상 밖으로 발산되는 것만 같아 내일도, 그다음 날도 밖에 나가고 싶어진다. 산책은 시간을 흐르게 하고 삶의 세계를 넓혀 주며, 추억들을 되새길 수 있게 하는 하나의 방법이 아닐까 하며 오늘도 밖을 나간다.

한 걸음 한 걸음 어딘가를 향해 걸어 나가면
시간은 걸음을 따라 흘러간다.

연로자들의 지혜

오래 살수록 인생은 더욱 아름다워진다.

- 프랭크 로이드 라이트

현대 사회의 오점 중 하나는 건강을 일종의 잣대로 들이미는 행위라고 생각한다. 건강은 누구에게나 중요한 일이지만, 불건전한 점은 건강한 몸과 체력에 대해 지나친 가치를 부여하며 노인들을 멸시한다는 것이다. 그들이 다년간 쌓아 온 연륜이나 인생의 교훈들을 모조리 무시하고, 노인들이 말하는 것은 쓸데없는 말이라고 생각하며 대화 자체를 회피하는 성향을 띠는 사람들도 종종 있다. 그러나 현대 사회 또한 아무런 이유 없이 노인을 무작정 비판하지는 않는다. 우리는 미디어로 송출되는 일부 노인들의 잘못된 행실, 이를테면 무단횡단이나 공공장소에서의 불법 도박, 적나라하게 드러내는 정치적 성향 등을 보며 공동체 전체에 대해 부정적인 감정을 가지기도 한다. 어떨 때는 청년 세대들이 매일을 바쁘게 살아가는데도 청년들의 삶을 거세게 비판함으로 갈등이 빚어지기도 한다. 여러 복합적인 문제들이 뒤엉켜서 청년 세대는 연로자들을, 연로자들은 청년 세대를 혐오하게 되는 현상이 종종 보이곤 한다.

대체로 청년 세대가 노인들을 혐오하는 이유는 잘못된 말 전달 방식에 있는 것은 아닐까 생각해 본다. 일부 노인들은 청년들에게 그렇게 살면 안 된다, 어쩌려고 그러고 사냐와 같은 이야기를 그들을 볼 때마다 서슴지 않고 내뱉곤 한다. 어쩌면 살면서 얻었던 교훈들을 젊은 사람들에게 하나라도 더 가르쳐 주고 나누어 주고 싶어서 하는 말일지도 모른다. 그러나 살아왔던 환경이 다른 탓인지, 서로의 전달 방식이 달라 청년 세대는 그들의 마음을 인지하지 못하고 기분만 상하게 될지도 모른다. 나는 이미 열심히 살고 있는데, 누구보다도 노력하고 있는데 그런 이야기를 들으니 말이다. 반대로 연로자들도 많은 기대를 품고 청년들을 바라보니 그들의 시차를 이해하지 못하여 답답한 마음에 부정적인 말이 나오는 것일지도 모른다. 이런 문제들을 해결하려면 서로를 이해하고 어떤 말을 하고 싶은지를 천천히 표현함으로 소통의 격차를 줄여 나가려는 자세가 절실히 필요하다.

만나는 노인분들은 보통 많은 이야기를 해 주고 싶어 하신다. 때때로 경로당이나 사회복지센터에 봉사하러 가면 만나는 할머니나 할아버지들은 대체로 여러 이야기를 하고 싶어 하신다. 짧은 세월 동안 훌쩍 커 버린 손자의 이야기, 어떤 정치인이 대통령이 되어야 하고 어떤 정치인은 벌받아야 마땅한지, 요즘 텔레비전으로 어떤 프로그램이 볼만한지와 같이 다양한 주제에서 쉴 새 없이 많은 이야기를 하신다. 이야기를 듣다 보면 금세 피곤해져 얼른 이 자리를 떠나고 싶은 마음마저 들 때도 있다. 그런데 어쩌면 평상시의 외로움에서 나오는 무언가로 인한 것일지도 모르겠다. 나는 상대방이 부담스러워할 정도로 말을 많이 하는 사람들을 만나면 그 자리를 당장 피하기보단 '많이 외로운가 보다.' 하고 계속 이야기를 듣는다. 한창 어릴 적 교회를 다녔을 때는 교회를 오가는 길이나 차를 한잔 마시며 연로자들과 이야기를 나누게 되는 상황이 잦았다. 그땐 내가 알아듣지 못하는 이야기를 계속해서 하시는 할아버지와 할머니로 인해 어머니와 함께 시간을 보낼 수 없다는 걸 속상해했다. 그럴 때마다 어머니는 "평소에 많이 외로우시겠지."라고 이야기해 주시며, 연로자들이 말씀하시는 내용을 귀담아들으면 앞으로의 삶에서 큰 도움이 된다고 이야기해 주셨다. 그 말씀을 본받아서 시간이 지나 내가 직접 그들의 말동무가 될 때에도 시간을 쓸 수 있는 데까지 쭉 이야기를 들어 드리기도 한다. 또 그들의 이야기는 때론 인생에서 풀리지 않던 문제를 해결할 수 있는 열쇠가 되기도 한다. 연로자들의 다양한 이야기를 듣는 것은 나 자신에게도 이로운 일이다. 전관예우(前官禮遇)라는 말처럼 우리 인생에서의 젊음과 청춘, 수많은 시련과 고통을 경험했던 인생의 선배들에게 우리는 존중과 사려 깊음을 나타내야 한다. 나는 앞으로도 그들의 수많은 이야기를 끄덕거리며 경청할 것이다.

　연로자들을 보며 본받고 싶은 여러 가지 중 하나를 꼽자면 인생을 즐기려고 하는 그들의 태도이다. 대체로 연로자들은 삶을 살아가는 데 여유가 생기며 인생을 행복으로 채워 나가기 시작한다. 나이가 들어 가면서 그들의 SNS 프로필 사진은 아름다운 꽃이나 자연의 풍경으로 바뀐다. 나이가 들수록 풍경 집 앞 풍경, 아이들이 뛰노는 공원과 같은 사진들을 더욱 소장하고 싶어 한다. 그런 사진들을 볼 때면 평소 핸드폰만 보며 주변 풍경을 눈으로 담는 것조차 못했던 나 자신을 반성하게 된다. 우리 주변에서 흔하게 발견할 수 있는 하루하루의 행복을 즐기는 것, 나는 이 마음을 참 본받고 싶다.

　철이 없던 어린 시절, 할머니에게 어떻게 죽음의 두려움 앞에서 여유 있고 행복하게 살아가시냐는 질문을 했던 적이 있다.

할머니께서는 살아간 날들에 비해 살아갈 날들이 적어 남은 시간만큼은 행복한 여생을 보내려 한다고 답해 주셨다. 오히려 점점 다가오는 긴 마라톤의 결승선을 바라보며 여유를 가지고 주변을 둘러보는 것이다. 하물며 살날이 훨씬 많이 남은 우리는 이런 삶을 즐기려는 태도를 본받아야 하지 않나 싶은 생각이 든다. 내가 행복하다고 느끼면 그것이 행복이자 오늘을 살아갈 이유가 된다. 나 또한 앞으로도 친구들과 옹기종기 모여 밤새 수다를 떨고, 풍경이 멋진 길을 걸어가며, 출근 후 커피 한 잔을 내려 마시는 등 일상에서의 순간마다 "아, 행복하다."라고 속삭이며 다가오는 앞으로의 순간들을 반기리라 다짐해 본다.

청춘을 느낄 수 있는 공간

청춘은 마음으로 느끼는 것이지, 시간의 흐름으로 정해지는 것이
아니다.

− 사무엘 울만

한번은 우리 집에 부산에서 놀러 온 아는 동생이 "형 회사까
지 다니면서 이런 동네 사는 거 좀 그렇지 않아요?"라고 말한
적이 있다. 나는 태어날 때부터 평생 지방에 살다가 몇 개월 전
부터 직장 때문에 혼자 서울로 상경해 자취 생활을 하고 있다.
지금 살고 있는 동네는 경사가 가팔라서 매일 퇴근길이나 외출
후 높은 경사를 겨우겨우 올라가야 집에 도착할 수 있다. 한번
은 비가 오는 날 경사를 내려가다가 미끄러질 뻔한 적도 있다.
또 눈이 오는 날은 오르막과 내리막을 불문하고 조심스럽게 천
천히 걸어가야 한다. 자취방 또한 넓은 편도 아닌 원룸에 주변
에는 상권이랄 것도 없어 조용하고 적적하다. 하지만 난 동생의

질문에 "왜, 우리 동네가 어때서?"라고 답했다.

　이 동네는 살기 좋은 동네라고 불리진 못하더라도 젊은 시절 나에게 청춘을 채워 준다는 점에서 사랑받아 마땅하다. 며칠 전에는 저녁을 급하게 먹다 체해 편의점으로 소화제를 사러 늦은 밤 집을 나와 거리를 걸어간 적이 있다. 그런데 고개를 들어 보니 보이던 가로등 밑으로 오목조목하게 모인 빌라와 그 사이를 가로지르는 도로의 풍경이 눈에 띌 정도로 아름답게 보였다. 안 좋아진 속에 무척이나 힘들어하다가도 그 풍경을 보자 금세 다시 기분이 좋아지고 말았다. 가던 길을 멈춰 서서 거리를 바라보다가, 편의점에서 소화제를 산 후 돌아오는 길에도 주위를 둘러보며 사진도 몇 장 찍어 본다. 갑작스레 기분이 좋아져 혼자 웃으며 가파른 경사 또한 힘든 기색 없이 오를 수 있었다.

　나는 어릴 때의 내 추억을 상기시켜 주는 거리의 풍경이나 내가 태어나기도 훨씬 전 동네의 정이나 화목함이 묻어 있는 풍경을 좋아한다. 멋지고 웅장한 구조물과 화려한 조각상을 보면서도 아름답다고 느끼지만, 길 위로 여러 집이 모여 있는 달동네의 풍경을 볼 때는 비로소 아름다움을 넘어 청춘이라는 감정을 느낀다. 평소에는 아무런 생각을 하지 않고 걸었던 길도 잠깐 멈추어 서서 바라보면 애틋한 청춘을 느낄 수 있다. 이 동네는 정이 있고 사랑이 묻어 있으며, 서울이라는 도시 속 치열한 경쟁 밖으로 벗어난 것만 같은 느낌을 준다. 그 위를 걷고 두리번거리며 보이는 풍경에 행복함을 느끼는 나 자신이 비로소 청춘을 실현하고 있음을 깨닫게 해 준다.

　낮에 집 근처 카페에서 글을 써 보고 싶어서 지도를 켜고 집 밖을 나왔다. 말했듯이 집 주변에는 상권이 형성되어 있지 않아서 조금 걸어가야 역을 기준으로 카페와 식당들이 모인 거리가 있다. 목적지로 가는 길은 크게 두 가지가 있는데, 경사를 내려가 도로를 따라 걷는 길과 경사 속으로 집들이 모여 있는 곳 사이를 걷는 길이 있다. 평소에는 무조건 도로를 따라 걸었겠지만 오늘은 왜인지 집들을 지나가는 길로 걸어가 보아야겠다고 생각했다. 가파른 경사를 천천히 올라가 본다. 이때까지 살고 있는 자취방이 동네에서 가장 높은 곳일 줄 알았는데, 길을 걸어 다른 길로 들어가니 훨씬 높은 경사가 내 눈앞에 보인다. 길 사이에 든 낮은 빌라와 주택들이 정의 향기를 흠씬 풍긴다. 경사가 나를 마주하고 있었지만 그 향기에 홀려 끝내 높은 길을 올라 걸어간다.

　경사를 겨우 오르자 길들을 따라 또 다른 집들이 보인다. 몇 보를 걸을 때마다 잠시 멈춰 서서 주변을 둘러보았다. 영화에서 나 볼 법한 지저귀는 새들, 모여서 담소를 나누는 할머니와 할아버지들, 집 안에서 창문 너머로 들리는 아이들의 웃음소리가 거리를 꽉 채운다. 골목은 자신을 찾아오는 모든 방문객에게 반갑게 인사하는 듯했다. 카페를 들러 커피를 시킨 후 책을 좀 읽다가 글을 쓰고서 집에 돌아올 때도 다시 경사를 올라 풍경을 둘러보았다. 그러고 나서 집에 도착한 뒤 비로소 깨달을 수 있었다. 나는 내게 청춘을 느끼게 해 주는 우리 동네를 사랑하고 있다는 사실을.

나는 결코 청춘이 우리 곁에 멀리 있지 않다고 믿는다. 아주 소소하고 일상적인 것들에 대해서도 우리는 청춘을 느낄 수 있다. 이제 누군가 내 자취방을 찾아올 때마다 잠시 집 밖으로 나가 그 사람과 함께 걸으며 내가 사랑하는 이 동네를 소개할 것이다. 별것 아니어 보이는 것들로 추억을 채우고 행복을 느낄 수 있는 지금이 바로 청춘일 것이다. 떨어지는 낙엽에도 행복을 느끼고 깔깔거릴 수 있는, 바로 지금 이 순간 말이다.

민감한 삶 속에 불어넣는 행복

당신의 선택이 희망에 의한 것이어야지, 두려움에 의한 것이 되어
서는 안 된다.

– 넬슨 만델라

　삶은 너무나도 민감해서, 살아가면서 찾아오는 아주 사소한
결정 하나로도 전반적인 인생에 큰 영향을 끼칠 때가 많다. 문
득 지하철에서 옆 사람이 이야기하는 걸 들었는데, "그냥 ~ 한
셈 치지, 뭐."라고 이야기하더라. 보통 어떤 결정이 현명하지
못하거나 아쉬울 때의 여운을 덮기 위해 자주 사용하는 표현이
다. 어릴 때부터 주변에서 많이 접했던 표현이고 나 또한 살아
가며 자주 사용했던 말이기에 그 말이 어색하진 않았다. 그런데
'그런 셈'을 쳤을 때와 실제로 '그런 셈'을 실현해 보았을 때의 차
이로 인해서, 어쩌면 삶의 큰 축이 뒤틀려질 수도 있는 것은 아
닐까. 삶의 민감함 때문에 정말 가볍다고 느낀 '그런 셈'이 계속

해서 모여, 언젠가는 '거대한 셈'이 되어 돌아와서 삶에 어마어마한 영향을 주는 것은 아닌지.

항공로가 없던 옛날 시절에는 위치나 지형, 나침반과 별자리들을 보며 조종사들에게 길을 안내해 주는 항법사라는 직업이 있었다. 그런데 항법사가 혹여나 아주 작은 실수를 해 항공기가 날아가는 각도가 목표보다 단 1도라도 오차가 난다면 10,000km를 비행했을 때 목적지에서 170km나 틀어지게 된다. 정말 겉보기에는 자세히 보아도 차이를 느끼기 어려운 1도라는 각도 때문에 기나긴 여행의 목적지와 훨씬 떨어진 다른 곳으로 도착하게 되는 것이다. 어쩌면 우리는 정해진 항공로 없이 인생이라는 하늘 위로 기나긴 비행을 하는 조종사이자 항법사와도 같지 않을까. 당장 사소하고 전혀 아무렇지 않아 보이는 선택들이 장거리 비행의 목적지에 너무나도 큰 변화를 주고 있는 것일지도 모른다.

우리는 오늘 하루를 살아가면서도 셀 수 없이 많은 선택을 해 왔다. 정말 작게는 아침에 일어나 시계를 확인하는 일부터 어떤 옷을 입고 나갈지, 걸어갈지, 대중교통을 탈지, 가면서는 어떤 노래를 들을지와 같은 선택을 한다. 이런 여러 선택이 한데 모여 하루를 구성하고 이들이 모여 일주일을, 한 달을, 1년을, 더불어 인생을 완성한다. 그렇다면 그런 사소한 것들을 선택하는 일들에서 계속 행복한 쪽을 선택하는 게 좋은 일은 아닐까. 그래야만 인생이라는 비행이 내가 원했던 행복이라는 목적지로 도착할 수 있게 되는 것은 아닐까. 그렇기에 나는 일상에서 보거나 할 수 있는 사소하고 짧은 장면들에 최대한 많은 행복을 느끼려고 한다. 운동을 끝마친 후 집으로 돌아갈 때는 밤하늘을 아름답게 빛내는 별과 불어오는 바람을 느끼며 이들에 대한 소중함을 마음속에 담아 둔다. 그리고 하루 동안 마음속에 모셔 두었던 것들을 꺼내 방에 앉아서 글을 쓸 때 찾아오는 편안함과 안정감으로도 행복을 느낀다.

민감한 삶에서 올바른 길을 잡는 방법은 곁에서 벌어지는 사소한 일들에 감사와 행복을 느끼고 만족하는 일이지 않을까. 이는 퇴근 후 좋아하는 드라마를 보며 맥주 한 캔을 따 마시는 순간일 수도, 매일 아침을 좋아하는 운동으로 시작하는 순간일 수도, 늦은 밤까지 잡던 과제나 공부를 끝내고 침대로 눕는 순간일 수도 있다. 보통 이런 작아 보이는 '그런 셈'으로부터 우리의 삶은 구성되어 지향하는 목적지로의 방향을 찾게 된다. 오늘 하루의 선택들을 원하는 목적지에 맞게 골랐다는 사실로 그에 걸맞은 내일의 아침을 맞을 수 있게 되는 것이다.

행복한 인생은 사소한 일에도 행복감을 느끼려고 함으로 이루어 낼 수 있다. 단순히 행복할 때 행복하다고 느끼는 것이 바쁘고 정신없는 삶을 긍정적으로 살아갈 수 있는 강한 동기가 되지 않을까 싶다. 어쩌면 반복되는 삶에 지쳤거나 무언가에 쫓기며 쉴 틈 없는 삶을 살아가는 이들에게 가장 필요한 것은 순간순간의 행복을 느끼는 것이 아닐지. 출근하는 데 걸리는 오랜 시간에 불평으로 하루를 시작하는 사람과, 귀에 이어폰을 꽂고 좋아하는 음악을 들을 수 있음에 감사하며 하루를 시작하는 사람의 인생은 확연히 다를 것이다. 하루 동안은 눈에 보이는 차이가 없더라도, '그런 셈'이 모여 그렇게 3년을 살아가면 한 명은 인생의 순간에 천 번을 불평한 사람, 다른 한 명은 천 번을 감사한 사람이 된다. 두 사람이 완벽히 똑같은 인생을 살았다고 하더라도, 서로가 가지는 인생의 가치는 말로 완전히 다르다. 똑같은 인생을 살아가야 한다면 과연 불평과 불만으로 나날을 채우며 살 것인가. 아니면 매 순간 행복을 채우는 것으로 바쁘게 살아갈 것인가.

음악에는 추억이 담긴다

음악은 나의 생명이며 나는 연주하기 위해서 살고 있다.

– 루이 암스트롱

평소에 즐기는 취미 중 하나는 음악 감상이다. 어릴 때부터 '좋아하는 게 뭐야?'라는 질문에 단 한 번도 빠져 본 적이 없을 정도로 노래 듣는 것을 좋아한다. 음악은 여러 가지 이유에서 좋아할 수 있는 점들이 많다. 그중 하나는 노래의 가사를 듣는 일이다. 신나는 드럼 소리와 함께 기타 연주로 시작되는 귀가 즐거운 음악도 무척이나 좋지만, 이에 더불어 가사가 마음에 와 닿는 곡들은 깊은 인상을 남기기 마련이다. 노래를 들을 때 멜로디나 악기들의 소리를 좋아해서 듣는 사람이 있다면, 나는 가수의 생각을 유려하게 써낸 가사를 좋아해서 노래를 듣는 사람에 더 가깝다.

삶에서의 여러 질문을 머릿속으로 곱씹게 해 주거나, 한 편의 영화를 보는 것과 같은 기분을 주는 수수하고 뜻깊은 가사들이 담긴 곡들이 있다. 그런 곡들을 듣다 보면 담겨 있는 가사 한 줄 한 줄이 정말 시 같고 곱씹어볼 만하다. 노래가 끝난 후에도 여운이 남아 잔잔해진 공간을 느껴 보곤 한다. 나는 그런 노래들과 그들이 남기는 여운을 좋아한다.

하나의 곡에는 아티스트의 여러 가지가 담긴다. 어떤 심정으로 가사를 썼는지, 어떤 상황에 부닥쳤는지, 어떤 시련에 영감을 받아 곡을 만들게 되었는지를 재생 버튼을 누르는 것만으로 공감할 수 있다. 또 매력적인 점은 음악 또한 예술 작품이라서 해석에 정답이 정해져 있지 않다는 점이다. 가끔 노래의 뮤직비디오를 보다 보면 댓글에 많은 사람들이 제각각 곡에 대해 다채롭게 해석하며 자신의 의견을 남긴 것을 볼 수 있다. 아티스트가 어떤 시기에 무슨 감정으로 쓴 가사인지, 가사는 무엇을 의미하는지를 자신이 느낀 그대로 적어 두는 것이다.

흘러나오는 음악을 들으며 사람들이 남겨 둔 댓글을 하나하나 읽어 볼 때면 영화 같은 한 장면이 떠오르는 듯하다. 햇빛 들지 않는 반지하 방의 문에 누군가가 자신의 해석을 쪽지에 적어 붙이고 떠나고, 또 다른 사람들이 찾아와 이에 제 생각을 적어 쪽지를 이어 붙인다. 세월이 흘러 무수히 많은 쪽지가 쌓여 문을 뒤덮는다. 그러다 문득 깊은 상처를 받은 사람이 문 앞을 방문하고서 흘러나오는 음악과 함께 사람들이 남겨 둔 쪽지를 확인한다. 쪽지를 하나씩 읽어 보다 그만 쪽지들의 공감과 위안에 울음이 터져 나온다. 눈물을 닦고 나서 그는 자신의 이야기를 적어 다시 쪽지로 남긴다. 왜인지 그들의 진심 어린 댓글을 보고 있으면 문득 그런 장면이 상상되어 마음속에 뜨거운 감정이 벅차오르는 기분이 든다. 가수가 이야기를 전하면 사람들이 듣고 공감하며 자신들의 이야기도 남기고 떠나는 영화 같은 풍경 때문에도 음악을 사랑한다.

또 음악에는 아티스트의 장면과 감정뿐만 아니라 곡을 듣는 나 자신의 순간도 추억으로 담긴다. 1년 전 겨울에 매우 고통스러운 일이 있었던 날 마침 좋아하던 가수가 음원을 발매했다. 노래의 가사가 우연히 그때 상황과 많이 닮아서 많은 위로를 받았었던 기억이 아직도 새록새록 하다. 시간이 지난 지금도 어쩌다 그 노래를 다시 들을 때면 아직도 그때 느꼈던 감정과 창 밖으로 보이는 하얀 눈에 뒤덮인 나무들이 떠오른다. 무엇 때문인지는 전혀 모르겠지만 음악은 곡을 들을 때 당시의 내 기억과 장면, 감정을 담아낸다. 예전에 좋아했던 곡이 생각나서 재생 버튼을 눌렀을 때, 아름다운 선율과 함께 머릿속에서 떠오르는 그때의 장면들이 노래를 듣는 순간을 더욱 의미 있게 만든다. 누군가에게 어떤 노래는 단순히 음악으로 즐길 수 있는 정도의 것이더라도, 추억을 담은 사람들이 듣는 노래는 그때의 장면을 생생하게 기억할 수 있는 선물이 되기도 한다.

이런 여러 가지 이유로 인해 태어날 때부터 지금까지도 음악을 계속 사랑하는 것 같다. 세상에 발매된 수많은 곡들은 언제나 똑같은 자리에서 나의 기억을 움켜쥔 채로 영원히 존재한다. 때론 몇천 자의 글보다 그들이 노래하는 적은 분량의 가사들이 사람들의 마음을 움직이게 한다. 음악은 많은 사람들을 웃게 하기도 하고, 울게도 하며, 위로를 주기도, 누군가를 그리워하게도 만든다. 몇 번의 터치로 원하는 음악을 자유롭게 들을 수 있는 시대에 내려진 최고의 선물은 음악이 아닐까 싶다. 10년 뒤에도, 20년 뒤에도, 우리의 가슴을 울리는 수많은 음원들이 발매될 것이다. 그들은 각자의 자리에서 사람들의 추억을 저장할 것이며, 또한 이미 발매된 음악들도 영원히 추억을 쥐고 재생되기까지 우리를 기다릴 것이다. 음악은 시대가 변하더라도 언제나 사람들의 마음속에 다양한 기억의 조각들로 영원히 남을 것이다.

지금 이 순간의 소중함

이상하게도 인생에 있어서 최고의 순간은 과거를 회상할 때는 알
아채지만, 당시의 그 순간에는 알아채지 못한다.

- 조이 아베크롬비

    매일 회사에서 같이 점심을 먹는 직장 동료 두 분이 있다. 어
느덧 11월 중순쯤부터 내가 머지않아 스무 살이 된다는 사실을
아신 이후로는 '스무 살 때 재밌게 노는 방법'이 짧게나마 매일
대화의 주제에 오르기 시작했다. 어떻게 놀아야 재밌는지를 쭉
이야기해 주시며 내년 초에 어디에서 뭘 하고 놀 건지 계획 세
워서 검사받으러 오라는 농담도 가끔 하신다. 그러다가 나보다
도 더욱 진심으로 몰입하며 이야기하시다가 "단 하루만 돌아갈
수 있다면 후회 없이 놀 자신 있는데.", "아, 진짜 재밌겠다."라
는 말로 항상 끝이 난다. 어쩔 줄 몰라 웃기만 하다가도 그런 말
을 들을 때면 다시 한번 생각해 보게 된다. 지나고 나서야 소중

함을 깨닫게 되는 걸까. 나 또한 지나간 아름다운 순간들을 보낼 누군가를 만난다면, 떠나보낸 추억에 대한 아쉬움을 담아 그에게 이야기하지 않을까.

떠나보내고 나서야 소중함을 알 수 있다는 건 어떻게 보면 당연한 일인 듯하다. 한번은 아는 동생이 "고등학생 다시 시켜 준다고 하면 할 거예요?"라고 물어봤었는데, 그때 나는 "에이, 절대 안 하지."라고 대답했다. 며칠이 지나 내 스무 살에 같이 몰입해 주고 있는 팀원들과 이야기하다 문득 그 질문이 생각나 똑같이 물어보았다. "고등학생 때로 돌아갈 수 있다면 가실 거예요?"라는 질문에 두 분은 한 치의 망설임도 없이 "당연하죠!"라고 답했다. 어쩌면 그들은 지금 내가 보내고 있는 시간이 얼마나 소중하고 값진지를 비로소 떠나보냈기에 아는 듯했다. 나 또한 지난 시간의 소중함을 인지하고 있는 건 마찬가지인 듯하다. 누군가 나를 단 일주일만 열 살 때로 돌려보내 준다고 하면 망설이지 않고 갈 것이다. 그런데 내가 열한 살일 때 똑같은 질문을 받았다면 그 꼬마는 얼른 어른이 되고 싶다는 마음이 앞서 절대 돌아가지 않겠다고 하지 않았을까. 열한 살의 난 열 살 때 내 시간의 소중함을 모르듯이, 지금의 나 또한 아직 떠나보내지 못했기에 소중함을 모르고 있는 것은 아닐까.

그래서 요즘은 지금의 시간을 헛되이 사용하지 않으려고 노력한다. 돈이 조금 들더라도, 피곤한 상황에서 약속이 생겼을 때도, 추억과 경험으로 돈을 쓰는 데에는 그 무엇도 아끼지 않으려 한다. 침대에 붙어 있고 싶을 때도, 이미 잡은 약속에 귀찮음이 올라올 때도, 항상 지금 이 순간은 다시 주어지지 않는다고 되뇌어 본다. 누군가 내게 단 하루만을 10년 전으로 돌아가게 해 준다면 1초라도 더 밖으로 나가 힘껏 뛰어놀려고 하지 않을까. 그런 생각을 하다 보면 어느새 몸은 움직인다. 오랜만에 만나는 친구와 잡은 저녁 약속도, 지겨울 정도로 많이 봤던 친구의 운동 약속도, 준비가 필요한 행사의 발표도 마다하지 않게 된다. 지금을 놓칠 것만 같다는 미세한 두려움이 지금을 소중하게 사용할 수 있게 만드는 듯하다.

"하면 되죠!"라는 말 한마디

앞으로 나아가기 위한 비결은 일단 시작하는 것이다.

– 마크 트웨인

오늘은 평소에도 가끔 듣거나 말하던 하면 된다는 말이 특히
더 깊게 다가오는 날이었다. 좋아하던 회사 동료 한 분과 점심
을 먹던 도중이었다. 언젠가 너무 하고 싶다는 생각이 들 때면
회사를 그만둔 후 원하는 만큼 공부를 하고 싶다는 이야기를 건
네자, 반짝거리는 눈동자로 나를 쳐다보며 "하면 되죠!"라고 이
야기해 주셨다. 가볍게 던진 말이라기보다는 정말 하고 싶으면
언제든지 하라는 눈빛을 보며 머리가 하얘져 잠깐 말문이 막혔
다. 하면 되는 일인데 나는 왜 남에게 하고 싶은 일을 거절하는
입장에서 설명하고 있었을까. 왜 그 일을 하고 싶은지보다는 안
되는 이유를 중심으로 이야기하려고 하고 있었을까.

무언가를 시작함으로 인해 가지고 있던 걸 잃을 수도 있다는

생각에 대한 두려움으로 인해 아무것도 시작하지 못하고 있는 듯싶었다. 어쩌면 끊임없이 방황하고 있는 지금 너무 많은 선택지가 다가와서 그런 것은 아닐까. 최근에 문득 약속이든, 취미 생활이든, 공부든 무언가를 할 수 있는 기회가 수없이 다가왔다. 그러나 내게 와 준 기회의 수에 비해 막상 직접 선택한 기회는 많지 않았다. 모든 기회를 다 수락하는 건 무리일 수 있지만, 가끔은 두려움으로 시작하지 못한 일들도 있는 것 같아 후회되는 순간도 종종 있다.

그런데 정말 해 보면 안 되는 일이 없는 것 같다. 나는 무언가를 해 보기 전에 끼칠 수 있는 악영향을 과하게 고민하는 것 때문에 다가오는 좋은 기회를 놓치는 경우가 빈번했다. 그런데 막상 그냥 해 보자고 해서 시작한 일들은 고민하던 일 없이 훨씬 수월할 때가 많았다. 작년에는 매일 5km를 달려 체력을 늘리고 싶다는 생각을 한 적이 있다. 그때도 '중간에 포기하면 어떡하지?', '저녁에 달려서 다음 날 피곤하면 어떡하지?'와 같은 고민이 무색하게 일단 달린 날을 시작으로 매일 부담 없이 트레드밀 위를 달릴 수 있었다. 글쓰기도 마찬가지다. 글쓰기를 시작하기 전 과거의 나에게, 오로지 네 생각을 다룬 2,000자 이상의 글을 매일 쓰라는 이야기를 전해 준다면 몸서리를 치며 글쓰기를 포기했을 것이다. 그러나 글쓰기를 시작했을 때의 나는 일단 썼다. 그리고 그날로부터 지금까지도 매일 글을 쓰고 있다. 중요한 것은 일단 하면 된다는 것이다.

하면 된다는 말에는 두 가지 뜻이 존재한다. "하고 싶으면 해!"라는 말 하나, 그리고 이를 그대로 해석한 "무엇이든 해 보면 될 수 있어!"라는 말 하나. 이렇게 생각하면 고작 네 글자밖에 되지 않는 가벼워 보이는 말이 동기를 북돋아 주는 무엇보다 소중한 말로 다가온다. 두 말을 이어 붙이면 "하고 싶으면 해, 그러면 원하는 대로 될 수 있어!"와 같은 말이 되어 가슴을 뜨겁게 한다. 내가 망설이거나 포기하다시피 하는 선택을 확신에 찬 눈빛으로 "하면 되지!"라고 이야기해 주는 사람이 그렇게 고마울 수가 없다.

하면 된다는 이야기가 비교적 가볍게 건넬 수 있는 말인 이유는 정말 '한다는 것'이 가볍게 시작할 수 있는 일이기 때문은 아닐까 싶다. 일단 해 보고 잘 맞지 않는다 싶으면 그때 돌아와도 늦지 않다. 오히려 시간을 얼마나 투자했든 하나의 경험이 되어 다른 일을 하고 싶을 때 삼을 수 있는 좋은 양분도 될 수 있다고 믿는다. 나는 잃는 것이나 변화에 대한 두려움으로 아무것도 하지 못하는 사람보다는, 차라리 수십 또는 수백 개나

되는 하고 싶은 일을 해 보고 포기하는 사람이 되고 싶다. 해 보고 싶으면 하면 된다. 우리의 삶이니까. 하고 싶으면 하자. 무엇이든 해 보면 될 수 있다. 하고 싶으면 하자, 그러면 원하는 대로 될 수 있다.

하고 싶으면 해,
그러면 원하는 대로 될 수 있어!

표현하는 시간

타인에게 나라는 세계를 나타내는 방법

있는 그대로의 나 자신을 받아들이며 살아가는 방법에 대한 이야기를 다루었습니다.

내가 아닌 다른 사람들과 마주하고 소중할 때를 주로 이야기하는 장입니다.

타인의 시간에 공감하며 대화한다면

다른 이를 항상 배려하는 습관은 당신에게 더 큰 행복을 가져다줄
것이다.

                                                    – 그렌빌 클라이저

   최근 들어 해외로 유학을 가는 지인들이 부쩍 늘어났다. 거
리가 멀어지다 보니 평소에 자주 하던 연락도 드물어지기 마련
이다. 그러다 보면 예전처럼은 못 해도 가끔 문자를 주고받으
며 서로의 안부를 묻곤 한다. 나는 연락할 때마다 "거긴 좀 어
때?", "적응은 잘 됐어?", "힘들진 않아?"와 같은 가벼운 질문으
로 대화를 시작해 나간다. 그런데 이런 질문을 하기 전에 꼭 제
일 처음 물어보는 다른 질문이 있는데, 바로 "지금 거기 몇 시
야?"이다.

   나는 해외로 나간 지인들과 연락할 때 무조건 시간을 먼저 물
어본다. 상대방의 시차를 먼저 확인해야 이를 고려하면서 원활

한 대화를 이어 나갈 수 있게 된다. 만약 연락한 시간이 상대에게 늦은 밤이거나 새벽이라면 배려하는 차원에서 빠르게 대화를 끝내려 한다. 반면 모두가 깨어 있을 아침이나 대낮이라면 여러 대화 주제를 건네며 이야기를 이어 간다. 아주 어릴 때부터 습관처럼 해외에 있는 누군가와 연락이 닿으면 항상 시간을 물어봤던 것 같다.

이런 습관이 있었다는 걸 최근에서야 의식했다. 그런데 어쩌면 정말 거리로 인한 시차뿐만 아니라 사람마다 자신만의 시차가 있는 것은 아닐까 싶더라. 똑같은 수업과 강의, 똑같은 책을 읽고 똑같은 일을 할 때에도 사람들이 사용하는 시차는 사람마다 다르다. 평범한 사람들보다 매번 빠르게 살아가는 사람이 있고, 반대로 조금 느리게 살아가는 사람도 있다. 어쩌면 삶에서도 상대방이 가진 시차를 이해하는 태도가 필요하지 않나 싶다. 사람마다 시차는 다르다. 내가 떠오른 태양을 바라보며 시간을 보내고 있을 때 누군가의 하늘에는 달이 떠 있다. 보내는 시간은 똑같지만 사람마다 느끼는 시차는 다를 수 있는 것이다.

상대방의 시차에 공감하는 방법을 아는 사람일수록 어떤 사람을 만나더라도 유연하게 소통할 수 있는 힘을 가진다. 상대방을 이해하고 배려하며 소통하고 싶다면 그가 어떤 시간에 살고 있는지를 공감해야 한다. 물리적인 거리로 인한 시차와 마음속의 시차에 차이가 있다면 후자는 가까이서 차분하게 지켜보아야 알아낼 수 있다는 점일 것이다. 상대방을 배려하기 위해서 "몇 시에 살고 계신가요?"라고 질문할 수 없다. 그렇기에 계속해서 지켜보아야 한다. 상대방이 어떤 시차에 살고 있는지를 알아낼 수 있을 때까지 조용하게. 처음 만난 사람과 친해지고 싶거나 그와 보내는 시간을 현명하게 사용하고 싶다면, 상대방의 시차를 확인하는 일이 가장 첫 번째가 되어야 하지는 않을까.

　나에게 처음으로 가르쳐야 할 후배 두 명이 생겼을 때가 기억난다. 당시에는 나보다 더 훌륭한 사람이 되었으면 하는 마음에 열정적으로 내가 가진 모든 걸 알려 주려고 노력했던 것 같다. 인터넷에 검색하면 쉽게 찾을 수 있는 학습 자료들을 보내 주고서 숙제를 내 주어도 되는 일이었지만, 최대한 내가 가르쳐 줄 수 있는 것들을 자세하게 나누어 주고 싶어 새벽까지 직접 학습 자료를 만들어 보내 줬었다. 그런데 마음과 다르게 나와 후배들 사이에는 점점 속상한 일들이 생기기 시작했다. 직접 정성 들여 자료를 준비해 주었음에도 원하는 만큼의 진도를 나가지 못하자 나는 아이들이 공부를 열심히 하지 않는다고 생각했다. 정작 후배들은 나의 정성에 보답하듯 최선을 다해 열심히 공부했지만 말이다. 그때의 나는 시차를 알아 가는 방법을 모른 채 터무니없는 기대치를 품었던 것 같다. 무조건 내가 만족할 수 있는 성과를 달성해야 했다. 이 성과를 달성하지 못하면 열심히 하지 않은 게 되어 버렸다.

과외를 진행하며 약 한 달이 지나자 후배들이 학습 과정 때문에 스트레스를 많이 받고 있다는 걸 느꼈다. 잘되었으면 하는 마음으로 시작한 건데 막상 스트레스 받고 있는 아이들을 보니 '이게 내가 원했던 건가?' 싶은 생각이 들어 하루 종일 많은 고민을 했다. 끝에 알게 된 점은 아이들의 시차를 알아 가는 방법이었다. 그들의 시차 속에서 내가 요구했던 학습량은 너무나도 과했다는 것을 인정했다. 과외가 끝난 후에는 계속 마음에 남아 아이들에게 사과를 전했다. 그때는 단순히 누군가를 가르쳐 보는 일이 처음이라 서툴렀기에 발생한 일이라고 생각했으나, 어쩌면 아이들의 시차를 알았다면 편안하고 효율적으로 목표를 향해 달려 나갈 수 있지 않았을까 싶기도 하다.

이후로는 남들의 시간을 알아야 할 때 시차를 알아보려고 노력한다. 어떤 일을 어떤 속도로 얼마나 적극적으로 한 경험이 있는지, 평소에는 어떤지, 어떤 일을 할 때 흥미를 느끼는지와 같은 질문들을 통해 "지금 네 마음속은 몇 시야?"라는 최종적인 질문에 다다른다. 질문만으로는 정확히 시차를 알 수 없기에 그들의 이야기를 토대로 같이 시간을 보내며 조용히 바라보며 시차를 느낀다.

우리는 항상 먼저 상대의 시간에 공감해야 할 필요가 있다. 그런 공감은 곧 유연한 대화의 근간이 되기 때문이다. 그렇기에 시차를 알아 가기 위해 사용하는 시간을 부디 아까워하지 않았으면 한다. 상대방과 함께하는 전체적인 시간에 비하면 시차를 위해 쓰는 시간은 정말 짧으며, 그 짧은 시간으로 남은 시간들을 더욱 효과적으로 사용할 수 있다. 상대의 마음속 시간이 무언가를 하기 어려운 시간이라면 그만큼 할 일을 조절해 주는 센스가 필요한 것이다. 내가 대낮의 햇빛을 바라볼 때 아침을 맞이하는 사람이구나, 붉은 노을이 뜨는 사람이구나 생각해 보자. 서로의 시차를 몰라 상처받는 일이 훨씬 줄어들 것이다.

덧붙이자면, 자신의 시차가 남들보다 느려 걱정인 사람들이 있을지도 모른다. 나는 각 사람 속의 시차가 느리고 빠른 건 삶을 살아가는 데 그리 걱정할 일이 아니라고 생각한다. 매년 GDP 1위를 달성하는 미국도, 그리니치 천문대를 기준으로 최소 5시간은 느리게 살아간다. 시차가 느린 것은 잘못되었으며 빠른 것이 옳은 것도 아니다. 다른 나라 사람들이 우리나라에 비해 시차가 빠르다고 해서 뒤처지고 있다고 생각하는 사람은 없듯이 말이다. 우리는 자신의 시차를 받아들이며 자신만의 삶을 살아갈 필요가 있다.

나와 다른 의견을 이해하는 일

이해하려고 노력하는 행동이 미덕의 첫 단계이자 유일한 기본이다
- 스피노자

다른 사람들과 소통할 때 가장 어려운 일을 고른다면 단언컨대 제 생각과 다른 의견을 이해하는 일일 것이다. 나 자신이 고수하고 있는 철학이나 가치관 속에서의 내 의견은 거의 무조건 올바르기 때문이다. 어쩌면 당연한 일이다. 자신이 하는 생각이 모두 틀렸다고 생각하는 사람은 없을 것이기에. 그러다 만약 나와 다른 생각을 하는 사람을 만나게 되면 그 사람의 주장은 나의 기준으로는 틀린 주장이 된다. 마찬가지로 그가 바라보는 나의 주장 또한 올바르지 않을 것이다.

이전에는 나와 다른 의견을 이해하는 것 자체를 쉽게 포기해 버리는 습관이 있었다. 정해진 시간 안에 타자와 함께 생각을 공유하고 의견을 맞추어야 하는 상황이 아닌 경우에는 항상 타

자를 이해하는 일 자체를 포기했다. 의견의 충돌로 인해 얼굴을 붉히는 일이 싫어서일까. 다른 의견을 만나면 그와 입을 맞추어 가는 일 자체가 가치가 없다고 판단하며, 내 이야기를 하는 걸 포기하고 조용히 끄덕거리며 그의 말을 들어 주었다.

친한 친구들 사이에서야 여러 이야기가 나왔을 때 내 생각을 한마디라도 더 뱉곤 한다. 그러나 초면이거나 어색한 사람들, 즉 대화를 통해 서로를 정의 내리는 단계에 서 있는 타자와는 항상 의견의 충돌을 회피했다. 상대방의 의견에 대한 이야기를 들을 때면 '나는 약간 다르게 생각하는데.'보다는 '이렇게 생각하는 사람이구나.' 싶은 생각이 먼저 들었다. 그 생각이 나와 정반대라면 생각 하나 때문에 새로운 사람과 친해질 수 있는 문을 닫아 버리곤 했다. 생각이 다른 사람과는 충돌을 피하기 위해 침묵하는 것만이 정답이었다. 그게 서로에게도 좋은 일일 것이라고 생각하며 말이다.

그런데 최근에 생각이 바뀐 계기는 내가 다른 의견에 설득되는 일로부터였다. 여느 때처럼 퇴근하는 지하철에 기대 좋아하는 작가의 책을 폈다. 책의 2장에는 현대 사회에서 민감하게 다루어지는 이슈가 정말 자세하게 담겨 있었다. 그 이슈에 대한 이야기에 지칠 대로 지친 상태였기에, 편안하게 읽던 책에 피곤하다고 느끼는 요소가 들어갔다는 사실이 썩 마음에 들지는 않았다.

누군가 내게 최근에 책을 읽기 어려울 때가 있었냐고 묻는다면 그 책의 2장을 읽을 때를 꼽을 것이다. 내용이 어려워서가 아니다. 책에서만큼은 그 주제를 읽고 싶지 않았다. 편안한 마음으로 있는 치유를 위한 공간에 괴한이 습격해 총알이 온 허공을 가로지르는 느낌이었을까. 그럼에도 나는 그 작가를 너무 좋아하기에 책을 계속해서 읽어 내려갔다.

책에는 그 작가가 왜 그런 생각을 했는지, 우리 사회는 이를 어떤 자세로 받아들여야 하는지와 같은 내용들이 잘 정리되어 담겨 있었다. 처음에는 가끔 사용되는 강렬한 표현에 심한 거부감을 느끼기도 했지만, 차분하고 자세하게 정리된 글을 읽다 보니 점점 작가의 의견이 이해되기도 했다. 글에서 작가는 무턱대고 자신의 생각이 옳다고 주장하지 않았다. 단순히 어떤 편이 잘못되었음이 아니라 갈등이 지속되고 있는 핵심적인 이유는 어떤 부분인지, 이로부터 자신은 어떤 생각을 했는지를 이야기했다. 작가가 직접 경험했던 것들과 느꼈던 것들을 읽다 보니 나와 완전히 달랐던 생각이 점차 이해되기 시작했다.

끝내 2장을 전부 읽고서 살면서 느꼈던 여러 경험을 천천히 곱씹으며 생각해 볼 수 있었다. 공감하는 측면을 내 기억 속에서 어렵지 않게 찾을 수 있었고, 작가가 어떤 말을 하고 싶어 하는지를 이해할 수 있었다. 상대방의 의견을 귀담아들어 보니 다른 관점에서 새로운 생각을 할 수 있게 된 것이다. 글을 읽은 이후에는 주제에 대해 이야기만 들어도 회피하려 하거나 무언가를 혐오하고 때론 옹호하려 하지 않는다. 갈등 속에서 자신이 가진 기준으로 상황을 판단하는 것만이 더욱 건강한 철학이다. 마음속에서 가지고만 있던 생각이 변화를 통해 사회적인 문제들을 날카롭게 꿰뚫을 수 있는 무기가 된 것이다.

자신의 생각에 맞게 세워진 채점 기준을 타자의 의견도 수용할 수 있도록 개방해 두어야 한다. 내 생각은 나의 기준으로만 보았을 때 정답에 가깝다. 그러나 사람들은 각자만의 생각을 손에 쥔 채로 다른 생각을 쥔 수십억의 사람들과 함께 모여 살고 있다. 그렇기에 무엇이 정답이고 오답인지는 섣불리 알 수 없다. 서로를 바라보는 관점에서 모두의 의견이 정답일 수도, 오답일 수도 있기 때문이다.

각자가 생각하는 정답을 신뢰하되 남의 정답에 빨간 선을 긋지는 말아야 한다. 상대방의 기준에 정답인 의견을 나도 정답이라고 생각하려면 의견을 듣고 이해하는 것부터 시작해야 한다.

소통과 배려는 서로의 생각을 맞추어 가는 단계부터 시작된다. 어린 아들이 아버지에게 궁금한 점을 질문할 때 아버지는 기꺼이 허리를 굽혀 아들과 눈높이를 맞춘 후 질문에 대한 답변을 건넨다. 상대방을 배려하고 가치 있는 대화는 상대를 이해함으로부터 나온다. 이해는 곧 대화라는 수단을 통해 얻어 낼 수 있다. 상대의 말을 귀 기울여 잘 들어 주고서 그 생각을 천천히 곱씹어 본다. 그러고는 또다시 생각해 본다. 그러다 보면 원래는 오답이었던 생각들이 정답으로 바뀔지도 모른다. 잘못 알고 있던 사실을 고치고 정답에 가까운 이야기들을 모을수록 우리의 생각은 더욱 날카롭고 정교해질 것이다.

누구나 큰 상처를 하나씩 품고 있다

상처는 낫지만 그 흔적은 남는다.

– J. 레이

살면서 만나게 되는 다양한 사람들과 이야기하다 보면 모두가 마음속 깊숙한 곳에 심한 상처를 적어도 하나쯤은 가지고 산다고 느낄 때가 많다. 매번 활기차고 씩씩해서 항상 주변인들의 사랑만을 듬뿍 받으며 지냈을 것만 같은 사람도, 친해지고 나서 어쩌다 마음속에 있던 짐들을 터놓고 이야기할 때면 가늠하기도 어려운 큰 상처를 가지고 있는 경우가 잦았다. 오래 살았다고는 못하겠지만 내 나이쯤을 넘어가면 상처 없이 살아가는 사람을 찾기는 불가능에 가깝다. 모든 사람이 저마다의 씻을 수 없는 상처를 품은 채로 살아간다. 나 또한 마찬가지이며 이 글을 읽는 당신 또한 그런 상처가 하나쯤은 있을 것이다.

나는 단둘이서 누군가와 조용히 이야기할 수 있을 때 그런 상처들을 많이 접해 왔다. 고등학교에 처음 입학했을 때부터 붙어 다니던 친구가 있었는데, 그는 다른 친구들에게 '인생 2회차'라는 별명으로 불리던 친구였다. 또래와 다르게 일을 처리하는 유연함과 판단력, 사람들과 대화하는 상황에서의 능통함이 눈에 띄는 사람이었다. 나도 초면에는 그 친구의 그런 매력에 끌려 다가갔다. 그는 살면서 큰 상처를 받아 본 적 없이 항상 순탄한 하루를 살아왔을 것만 같았다. 그러다 한번 같이 새벽까지 이야기하며 시간을 보냈을 때 그 또한 거대한 상처를 품고 있다는 것을 처음으로 알게 되었다. 겉으로 힘든 기색이 역력한 사람만이 상처를 품고 있을 것이라고 생각했는데 완전히 잘못된 생각이었다. 또 일상적인 대화를 나누다가 가끔 뜻밖의 상황에서 본의 아니게 상처가 보이는 경우도 많았다. 이외에도 여러 친구들과 이야기하다 상처들을 짧게라도 듣고 나면 정말 항상 행복하게만 사는 사람은 없구나 싶은 생각도 들었다. 어느 샌가부터 어떤 사람이든 큰 상처를 하나쯤은 품고 지낸다고 느끼기 시작했다.

모든 사람이 형용할 수 없는 커다란 상처를 하나쯤은 가지고 산다는 사실이 무척 슬프게 느껴진다. 남이 가진 상처를 가볍게라도 들을 때마다 정말 아파했던 시절이 있었다는 것에 괜히 속상해진다. 특히나 사랑하는 사람이 생기면 더욱 큰 슬픔을 느낀다. 단 하나의 상처 없이 생을 끝낼 때까지 살아오면 좋겠는데 말이다. 지금 내 옆을 걷는 그가 밤새 눈물을 흘리며 고통받았다는 사실에 마음 한편이 아려 온다. 정말 가끔 그와 일상적인 이야기를 하다가 그의 상처가 생각나면 좋았던 기분이 갑작스럽게 안 좋아질 때도 있다. 사랑하는 사람의 상처는 일반적인 타자나 나의 상처보다도 더욱 마음 아프게 다가온다. 나는 괜찮으니 그 사람만큼은 아파하지 않았으면, 행복한 인생을 살던 중에 나와 인연이 닿았으면 하는 허황한 바람이 있다. 실은 그렇지 않다는 점을 깨달을 때면 괜히 무엇인지도 모르는 고통에 대한 여운이 남기도 한다.

그래서 더불어 만나는 사람마다 혹시라도 내가 그를 막 대하고 있지는 않은지 한 번씩 고민해 본다. 모든 사람은 자신만의 고통을 겪어 왔다. 그런데 이미 큰 고통을 겪은 사람에게 내가 또다시 상처를 준다는 건 너무 나쁜 짓은 아닐까 싶다. 고통을 딛고 일어나 내 앞에 선 그에게 격려를 해 주지 못할망정 또 다른 고통을 주고 있는 것은 아닐까 생각해 본다. 나도 모르게 욱하는 순간이 있다가도 말 못 할 힘든 시간을 버틴 그를 생각하며 말을 집어삼킨다. 사랑하는 사람을 대할 때에도 그렇다. 깊게 이야기할 수 있는 상황이 없다시피 해 격려를 해 주진 못해도, 지금 순간 동안의 행복을 선물하기 위해 노력하는 방법으로 그 사람을 격려한다. 고통을 이겨 내고 살아 숨 쉬고 있다는 그 사실만으로 그는 보듬어 주어야 마땅한 사람이 아닐까. 사랑과 배려는 고통을 안아 주는 것부터 시작된다.

나는 괜찮으니 그 사람만큼은 아파하지 않았으면,
행복한 인생을 살던 중에 나와 인연이 닿았으면 하는 허황한 바람이 있다.

말이라고 다 같은 말이 아니다

말도 아름다운 꽃처럼 그 색깔을 지니고 있다.

– E. 리스

나는 누군가 내게 입힌 상처를 가볍게 털어 버리지 못한다는 단점이 있다. 쉽게 잊어버리려고 해도 계속해서 상처가 머릿속에 맴돌아서, 완벽히 아물려면 꽤 오랜 시간을 사용해야 한다. 상처뿐만 아니라 일상적인 상황에서 본의 아닌 실수로 부정적인 평가를 받았을 때도 똑같다. 원래는 의식하지 않던 것들도 계속 생각나 더욱 신경 쓰게 되며 그 과정에서 더욱 많은 스트레스를 받기도 한다. 계속해서 상처를 생각하다 보면 타자의 시선을 더욱 의식하며 사람들의 말이나 표정, 행동들이 어떻게든 부정적으로 보여 몹시 피폐해지게 될 때가 있다.

그런데 오해로 인한 갈등이 아닌 내게 일방적인 상처를 입히기 위해 말을 뱉는 사람은 원래도 안 좋은 사이였던 경우가 대다수이다. 상처가 될 수도 있는 이야기들을 평소 친하게 지내는 지인들이 이야기해 준다면 고쳐야 하는 피드백이 된다. 그러나 보통 오랫동안 낫지 않는 상처를 만드는 말은 진작에 나와 사이가 좋지 않던 사람들이 뱉는 말이다. 어떤 말 때문에 상처를 받았다면 잠시 생각해 보자. 그 말을 했던 사람은 우리에게 어떤 존재인가. 싫어하는 사람의 말을 귀 기울여 듣고 있는 것은 아닌가. 왜 그들의 말을 마치 제 생각처럼 철석같이 믿고 신경 쓰고 있는가.

상처받는 말들을 생각해 보려면 사람들과 대화할 때 우리가 어떤 자세를 취하는지를 생각해 볼 필요가 있다. 내 기준에서 배울 점이 없고 행실이 나쁘며 반면교사가 되는 사람과 이야기할 때 나는 어떤 자세를 취하는가. 대부분은 그들이 하는 말을 한 귀로 듣고 한 귀로 흘려보내게 될 것이다. 그렇다면 우리에게 상처를 주는 언행을 했던 사람들에 대해 생각해 보자. 우리 인생에서 그들은 존경받아 마땅한 사람인가, 혹은 그 반대인가. 반대라면 왜 흘려보내야 할 말을 계속해서 곱씹으며 스스로를 아프게 하고 있는가.

나는 상처를 주는 말이 맴돌기 시작할 때마다 혼자서 끊임없이 그 말들을 반박하려 들곤 했다. 내게 상처를 주어야 한다고 주장한 그들의 이유를 생각하면서 그것이 타당하지 않다는 증명을 끝없이 하며 애써 상처를 계속 생각하지 않으려고 노력한다. 그런데 이런 노력을 하기 이전에 그 말에 대해 실제로 우리가 그렇지 않아야 하고, 그렇지 않음을 증명할 가치가 있는지부터 먼저 고민해 볼 필요가 있다. 평소에는 흘려보냈을 그들의 이야기가 나를 향한 비난이라는 이유로 우리는 왜 가운을 입고 현미경 앞에 앉아 화살들을 분석하는가. 어쩌면 몇몇 화살은 연구할 가치조차 없는 화살일지도 모른다.

반대로 우리의 삶에 밀접한 사람들의 말을 더욱 믿어 볼 필요도 있다. 가까운 곳에서 자주 우리를 봤던 그들이 해 주는 이야기는 더욱 명확하고 가치가 있는 말들이다. 사소하더라도 이런 믿을 만한 출처에서 비롯되는 이야기들을 더욱 마음에 새겨 넣을 필요가 있다. 따뜻한 말들과 좋은 평가로 채우기에도 바쁜 삶을 굳이 싫어하는 사람들이 던져 대는 불쾌한 말들로 채울 필요는 전혀 없다. 듣는 말에 대한 긍정과 부정에 상관없이 나를 단지 깎아내리기 위해서 뱉는 말은 의도 자체로 말도 안 되는 쓸모없는 이야기가 된다.

기분 나쁜 말들을 무조건 듣지 말라는 이야기가 아니다. 우리가 들은 말이 정말 나 자신이 부족하거나 고쳐야 하는 점이라면 수용할 필요가 있으나, 그 말의 본질이 폄하로부터 나온다면 이에 대해 신경 쓸 필요가 없다는 이야기이다. 살아가면서 나 또한 싫어하는 사람이 생기는 것처럼, 타자 중에서도 나를 싫어하는 사람은 필연적으로 존재하기 마련이다. 우리를 좋아하는 사람이 있는 만큼 자연스럽게 싫어하는 사람도 존재하기 마련이다. 그렇기에 살면서 비난의 화살이 우리를 찾는 것은 어떻게 보면 당연한 일일지도 모른다. 살아가며 받는 상처를 주는 말들을 삶의 연구 대상으로 삼아 끊임없이 무언가를 증명하기 위해 되새기지 않도록 하자. 반례를 찾기 위해 시간을 쏟기보다 공식 자체가 틀렸음을 인지하는 것이 빠르게 문제를 해결하는 정확한 방법일 것이다.

94   머지않아 지나갈 오늘을 위하여

따뜻한 말들과 좋은 평가로 채우기에도 바쁜 삶을
굳이 싫어하는 사람들이 던져 대는 불쾌한 말들로 채울 필요는 전혀 없다.

말을 전달하는 방법은

당신의 말이 당신의 세상이 될 것이다.

— 나딤 카지

회사에 다니다 보면 하루에도 수십 번씩 감사하다는 말을 건네게 된다. 작은 일에도 항상 감사하다는 마음을 전하고 오히려 감사하다는 말을 받는 상황에서도 다시 감사하다는 말을 건넨다. 그런데 최근에는 감사를 전하는 말 앞에 '항상'이라는 단어를 붙이면 훨씬 기분 좋은 말을 건네줄 수 있다고 느꼈다. 그래서 요즘은 "감사합니다!"보다는 "항상 감사합니다!"라고 종종 이야기해 본다. 두 글자만으로 당장의 일 처리를 도와주서서 감사하다는 말을 넘어 '당신은 나에게 언제나 감사한 존재입니다.'라는 의미까지 전달할 수 있게 되는 것이다. 플라시보 효과일지는 몰라도, 항상 감사하다는 말을 건네고서 추가 작업을 요청드릴 때는 더욱 적극적으로 업무를 도와주시는 느낌도 많이 받았다. 가볍게 건넬 수 있는 '항상'이라는 말 하나로 똑같은 감사의 말에 특별함을 더할 수 있게 된 것이다.

　우리는 말에 민감하다. 특히나 한국어는 더더욱 그런 면이 있다. 지역마다 다양하게 구사되는 사투리부터 억양이나 은어 등, 동일한 생각을 전달할 때도 말을 포장하고 전달하는 방법은 너무나도 다양하다. 또 다양한 수단만큼 듣는 사람이 전달받은 말을 어떻게 받아들이는지도 천차만별이다. 극단적인 경우 하나의 문장을 구성하는 글자 중 한두 글자의 차이만으로 상대방의 긍정과 부정을 결정할 수도 있다. 이기주 작가의 책인 『언어의 온도』에서도 언급되는 이야기처럼 "당신은 아름답기까지 합니다."와 "당신은 아름답기만 합니다."는 확연히 다르다. 단 한 글자만으로 건네려 하던 이야기가 전혀 다르게 전달될 수도 있다. 그렇기에 평소에 말을 주고받을 때는 상대에게 건네기 전 한 번쯤은 사용하려는 전달 수단이 타당한지 생각해 볼 필요가 있다.

　말을 건네는 것은 마치 발밑으로 굴러온 상대방의 공을 어떻게 전달해 줄지를 정하는 것과 같다. 어린아이라면 느리게 살살, 건강한 청년이라면 힘을 주어 빠르게 공을 던져 줄 수도 있고, 상대가 나를 바라보고 있다면 곧바로, 잠깐 전화를 받고 있다면 기다렸다가 끝난 후 공을 던져 줄 수도 있을 것이다. 말은 공과 같다. 하루를 살아가면서 많은 사람들을 만나며 서로 공을 던지고 받기를 반복한다. 수많은 공들 속에서 단 한 번이라도 공을 잘못 던지게 된다면 공은 닿을 수 없는 먼 곳으로 떼굴떼굴 굴러가 버린다. 그렇기에 공을 던지는 순간들이 당장은 무겁게 다가오지 않더라도, 한 번의 실수로 다시 공을 줍기 위해 많은 노력을 해야 한다는 사실에 던질 때마다 주의가 필요하다. 공을 받는 상대가 어떻든 간에 모든 상황에서 공을 정확한 위치에 전달하는 것은 주고받음에 대한 핵심이다. 이야기를 전달하는 상대방의 눈높이에 맞추려 말하려 했다가, 오히려 전달하고자 하는 바가 다른 쪽으로 치우쳐져 전달되었다면 눈높이를 맞추지 못했다는 것보다 더 큰 문제가 될 것이다. 항상 건네려는 말을 포장할 때도 어떤 말을 전달하려 하는지를 염두에 두는 것이 오해를 불러일으키지 않는 좋은 기반이 된다.

원하던 방향으로 이야기를 전달하며 기분을 좋게 하는 단어들로 말을 포장해 선물처럼 건넨다면, 상대방에게 깊고 좋은 인상을 남겨줄뿐더러 평소보다 더욱 긍정적인 답변을 불러일으킬 수 있다. 태어나고부터 말이라는 수단을 제일 먼저 배우고, 살면서 할 수 있는 모든 상호작용이 대화로부터 시작되는 우리 사회에서의 말은 너무나도 중요한 수단이다. 무언가 혼자 하는 것으로 보이는 일도 넓게 보았을 때는 사람 대 사람이 모여서 하는 일이다. 한마디를 건넬 때도 여러 고민 끝에 소중하고 따뜻한 말을 건네려고 하는 마음이, 한 사람을 '좋은 사람'으로 각인시키는 데 큰 도움이 되면서도 가장 쉽게 할 수 있는 일이 아닐까 싶다.

남을 좋아할 때 자존감이 낮아지는 건

내가 만일 인생을 사랑한다면 인생 또한 사랑을 되돌려 준다는 것
을 알았습니다.

- 루빈스타인

살아가다 보면 성별을 불문하고 왜인지 모르게 호감이 가는
사람을 만나게 된다. 보기만 해도 혼자 웃음이 나고 그 하루의
피로가 씻겨 나가게 하는 사람이 생기곤 한다. 이런 사람들을
처음 만나면서는 언제 말을 걸어도 어색하지 않은 친밀한 관계
가 되고 싶다는 생각도 든다. 우리들의 삶에서 그 사람은 마주
치기만 해도 기분이 좋아지며 심장이 뛰고 피가 도는 느낌을 주
는 존재이기 때문이다.

그런데 삶에서 그런 사람이 나타나면 쉽게 사람이 고장 나는
경우가 많다. 평소 친구들과 있을 때는 잘만 웃고 떠들다가도,
좋아하는 사람의 앞에서는 농담은커녕 간단한 질문에도 삐걱거

리며 생각과 다르게 상황을 망쳐 버릴 때도 있다. 평소에는 차분하게 잘 건네던 말들도 그 사람 앞에서는 말을 연결하는 여러 부분이 잘려 나가고 목소리를 덜덜 떨기도 한다. 평상시와 다르게 너무 잘 보이려는 노력과 긴장감이 섞인 인위적인 어색함에 오히려 더욱 삐걱거리게 되며 고장 나는 것이다.

그런데 삶에서 좋아하는 존재가 생기면 그 사람에게 잘 보이기 위해서 노력하는 사람들도 있지만, 반대로 그 사람에 비해 자기 자신이 너무 초라해 보여 말을 걸어 보는 것조차 포기하는 사람도 존재한다. 몇 달 전 친하게 지내던 친구가 문득 내게 너무 좋아하는 사람이 생겼다는 이야기를 해 준 적이 있다. 나는 그렇게 좋으면 말이라도 한번 걸어 보라고 이야기해 주었다. 하지만 친구는 좋아하는 그녀에 비해 자신이 너무 초라하고 보잘것없는 사람이라면서 자책하며 말을 걸어 보는 것조차 포기했다. 그 후로도 친구는 몇 주간 꾸준히 자존감이 한껏 낮아진 채 자신의 단점을 복기하며 "나는 왜 이럴까?"라고 말하곤 했다. 나는 그럴 때마다 묵묵히 이야기를 들어 주고 다독여 주는 일을 거듭하곤 했다.

왜 좋아하는 사람이 생기면 본인이 너무나도 초라해져 보일까. 왜 그 사람 앞에서 나는 계속 작아지며 아무것도 아닌 사람이 되는 걸까. 왜 우리 삶에 그런 존재가 생기면 항상 이런 마음이 들까. 어쩌면 누군가를 좋아하는 마음 전에 그 사람이 나를 어떻게 바라볼지에 대해 더 몰두하고 있어서인지는 아닌가 생각한다. 만나기도 전에 혼자서 "내가 가진 이런 단점 때문에 나를 싫어하겠지?", "나는 왜 이 정도밖에 안 되는 사람인 걸까?"와 같은 생각의 굴레에 점점 잡아먹혀 호감이라는 좋은 감정이 도리어 자존감을 박살 내 버리게 되는 것이다. 그러나 정작 가지고 있는 커다란 단점이 남들에게 쉽게 보이지 않을 때도 있고, 내가 좋아하는 그 사람 또한 나의 단점을 그리 깊이 생각하지 않는 경우도 많다.

타인은 나를 그렇게 염두에 두지 않는다는 것을 깨달아야 할 필요가 있다. 자존감이 떨어질 만큼 좋아하는 사람에 대해 잠깐 생각해 보자. 며칠 전에 만난 그 사람은 어떤 옷을 입고 있었으며, 어떤 표정으로 어떤 일을 할 때 처음 나와 마주쳤는가. 아마 시간이 지나고 나면 잘 기억나지 않을 것이다. 우리는 타자에게 그리 깊은 관심을 들이며 살아가지 않는데, 관심이 없다기보다는 모든 사람들이 자신을 어떻게 바라볼지 생각하며 살아가기 때문이다. 내가 호감이 생긴 그 사람 또한 이런 생각을 주로 하루를 살아갈 뿐, 우리가 어떤 단점이 있고 어떻게 보였는지에 대해서는 자세히 생각하지 않는다. 모든 사람은 자신이 어떻게 보이는지를 생각하며 살아간다는 것을 알아야 한다, 그것은 나뿐만이 아니다.

그렇기에 좋아하는 사람이 생기면서 계속해서 자존감이 낮아지거나 우울함에 빠지는 일이 없었으면 한다. 단점의 굴레를 쉽게 떨쳐 내기 힘들다면 오히려 단점을 보완하기 위해 운동을 시작하거나, 새 옷을 사 입어 보거나, 항상 웃는 얼굴로 다니는 연습을 해 보는 것은 어떨까. 그리고 그 사람과 친해지고 싶다면 너무 '우연'에만 기대는 것이 아니라 직접 이야기를 나눌 수 있는 상황을 만들어 보는 것 또한 좋을 것이다. 나를 좋게 바라봐 주고 친해지고 싶다는 감정을 나타내는 사람을 싫어하는 경우는 드물다. 상대방 또한 우리와 같은 사람이기에 이런 솔직한 마음을 전달할 수 있는 계기를 만들어 가는 것은 어떨까. 진정한 사랑이나 우정은 마음을 진솔하게 전달하며 그 사람에게 더 나은 사람으로 남기 위해 발전하는 것이다. 끝없이 나 자신을 비판하다가 자존감이 낮아진 채로 혼자 무언가를 포기하는 건 건강한 사랑이 아닐 것이다. 남을 향한 사랑은 결국 나 자신에게 베푸는 사랑으로부터 시작된다고 굳게 믿는다.

글을 쓰면서 나를 알기 시작하다

글쓰기는 자신의 생각을 표현하는 일이다.

— 백승훈

매일 글을 쓰는 습관을 들인 지 오래되지는 않았지만 어느덧 지금까지 썼던 글들을 모아 보니 꽤 많은 양의 글을 썼다는 걸 알게 되었다. 글을 쓰면서 하나의 주제를 가지고 이야기하는 내용이 늘어나고 있다. 맨 처음 글을 쓸 때는 어떤 주제로 써야 할지도 고민이었으며, 주제를 정하고 나서도 첫 문장을 쓰는 것조차 매우 힘들었다. 그런데 계속해서 습관을 들여 글을 쓰다 보니 최근에는 마침표를 찍고 훑어본 글의 내용이 몇천 자를 훌쩍 넘는 일이 잦아졌다. 유려한 글은 아니더라도 내가 바라보는 시선에 대해 더욱 구체적인 이야기를 할 수 있게 되었다는 사실이 내심 반가웠다. 점점 글쓰기가 나의 일상으로 스며들어 글을 쓰는 행위에 대한 부담감이 적어지고 있다는 느낌도 받는다. 만약 누군가가 나에게 "글쓰기와 얼마나 친한가요?"라고 물어본다면 나는 '매우 친함(4점)'에 체크 표시를 그려 넣을 것이다. 어느새 글쓰기는 내 일상의 한 순간이 되어 버렸다. 글쓰기와 친해질수록 더욱 많은 이야기를 써 내려가게 되고 다양한 생각들을 정리할 수 있게 된다.

하지만 단지 글을 많이 쓴다고 해서 글을 쓰는 양이 무조건 늘어나는 것만은 아닌 것 같다. 사실 글 쓰는 일이 익숙하지 않다는 핑계를 대기에는 이미 예전부터 읽고 쓰는 것과 너무 밀접해 있었다. 열두 살 때까지는 1,000페이지가 넘어가는 성경을 처음부터 끝까지 세 번이나 완독했다. 중학교 1학년 때 갑자기 떠오른 주제에 관해 썼던 수필은 자그마치 7,000자를 넘겼다. 또 관습처럼 학년이 끝날 때마다 최소 하나의 회고록을 썼는데, 가장 길었던 회고록의 글자 수는 15,000자가 넘는다. 이미 글을 충분히 써 본 적이 있는데도 왜 처음 글을 쓸 때 많은 양의 글을 쓰지 못했을까. 왜 처음 시도해 보는 도전처럼 나에게 다가오는 걸까.

어쩌면 주제에 대해 화자가 얼마나 많은 이야기를 하고 싶은지에 따라 분량이 정해지는 것은 아닐까 싶다. 길게 써 왔던 글들은 보통 인생과 관련된 이야기들이었다. 인생에 관해 이야기하는 것은 부가적인 수식어나 화려하고 날카로운 비유들을 넣지 않아도 충분히 할 이야기가 많다. 이 세상에서 나만이 가장 잘 알고 있으며 많은 이야기를 할 수 있는 주제이기 때문이다. 그렇기에 처음 시선을 주제로 글을 쓸 때는 내가 어떤 곳을 바라보고 있는지도 몰랐기에 한 문장을 쓰는 것조차 힘들었던 것 아닐까. 항상 나만의 시선을 가지고 세상을 바라보았지만 그게 무엇으로부터 나온 시선인지, 어떤 생각을 동반하는지를 고민해 보지 않았기에 쉽게 글을 쓸 수가 없었다. 매일 글을 쓰며 배운 것은 유려하고 정교한 글쓰기 방법이 아닌 시선이 닿는 방향이 어디인지를 알아내는 법이었던 것이다.

글을 쓰고 나서 더욱 나의 시선을 자세히 설명할 수 있게 된다. 나는 어떤 주제로 글을 쓰기 시작할 때 주제에 대한 시선을 거의 모르는 상태로 첫 문장을 짓는다. 머릿속에서 잠깐 스쳐 지나간 두어 개의 단어나 길어 봐야 한 문장 정도를 생각하며 글쓰기를 시작한다. 첫 문장을 쓰고 나면 그다음 이야기하고 싶은 내용을 쓴다. 이런 과정을 반복하면서 계속해서 쓰다 보면 여러 문장이 모여 문단이 되고, 문단이 모여 하나의 글이 완성된다. 그러고 나서 다 쓰고 난 글을 읽어 보면 비로소 나의 시선이 어디로 향했는지를 알 수 있다. 첫 문장을 적을 때는 거의 알지 못한다. 글 쓰는 일은 마치 목적지를 정하지 않은 채 떠나는 배낭여행과 같다. 걷다 보면 어느새 알 수 없는 목적지에 도착한다. 잠깐 뒤돌아서 걸어왔던 걸음과 목적지의 풍경을 바라보며 비로소 여행의 가치를 이해할 수 있게 되는 것이다.

글쓰기가 매력적으로 다가오는 이유는 처음부터 목적지를 정해 두지 않는다는 점도 있는 듯하다. 나는 처음부터 주제에 대해 어떤 이야기를 할지 정해 두고 글을 쓰지 않는다. 글의 전개가 어떻게 흘러갈지는 항상 글을 쓰는 그 순간의 나에게 맡긴다. 그래서 때론 맥락에 어긋나는 이상한 문장이 생길 때도 있다. 그러나 순간의 내가 쓴 글이 곧 내 시선을 완벽하게 표현하는 방법이라는 점에서 계속 글을 쓸 수 있게 된다. 어떤 생각을 하고 있는지 헷갈렸던 찰나, 끌리는 대로 글을 쓰다 마침표를 찍음으로 나 자신을 알 수 있다는 점 때문에 계속해서 글을 쓰고 싶다. 모든 것들이 내가 겪은 경험과 생각과 시선에서 나오는 이야기인데도 이야기의 끝은 어디인지, 어떤 끝을 맺는지를 상상하지 못한 채로 글을 쓴다. 글을 쓰면서 점점 알기 시작한다. 글을 쓰다 보면 결말이 궁금해서라도 끝을 내게 된다. 내 생각을 표현하기 위해서가 아니라 내 생각을 알기 위해서 쓴다. 그것이 내가 글쓰기를 좋아하게 만들고, 의미 있다고 느끼게 하며, 계속할 수 있게 만들어 주는 이유이자 원동력이다.

글 쓰는 일은 마치 목적지를 정하지 않은 채 떠나는 배낭여행과 같다.

솔직하게 표현하기

솔직함만큼 사람들 사이의 거리를 좁혀 주는 것은 없다.

– 톨스토이

어릴 때 내가 사고를 쳤다는 사실을 어머니가 알면 언제나 내게 어떤 일이 일어났는지 물어보셨다. 어머니는 물어보실 때 이미 내가 어떤 사고를 쳤으며 무슨 생각을 하는 중인지를 대략 알고 계셨다. 하지만 늘 내게 어떤 일인지 모른다는 듯 이야기해 달라며 자초지종을 물어보셨다.

엄청 어렸을 적에 한번은 집에서 공놀이를 하다가 위험하다고 혼난 적이 있었다. 하지만 어머니가 잠시 외출을 하신 뒤 다시 공놀이를 하다가 주방에 있던 접시를 여럿 깼다. 몇 시간 뒤 집으로 돌아와 깨진 접시가 엉성하게 치워진 주방을 본 어머니는 나를 불러 별일 없었냐고 물어보셨다. 나는 어머니께 혼나는 게 두려웠기에 아무 일도 없었다며 그릇에 대해 모르는 일이라고 이야기했다. 그러자 나를 앉혀 두시고, 자신이 어릴 때 사고를 치고 할머니께 혼나는 게 두려워 거짓말을 했다는 이야기를 해 주셨다. 그제야 나는 조심스럽게 공놀이를 하다가 그릇을 깬 걸 사실대로 말씀드릴 수 있었다.

예나 지금이나 사람들은 솔직한 사람을 좋아한다. 자신의 감정을 감추고 빙빙 돌려서 이야기하거나 겉으로 표현을 잘 하지 않는 사람보다는 가감 없이 표현하는 사람을 더 좋아한다. 때론 솔직하게 말했다는 사실에 고마워하는 사람들도 있으며, 깊게 엉켜 절대 풀리지 않을 것만 같던 갈등도 해결될 때도 있다. 솔직함은 가장 어려우면서도 간단하며 올바른 삶을 살아갈 수 있게 돕는 덕목이기도 하다.

상대방과의 유대 관계가 깊을수록 더 많은 솔직함이 요구된다. 매일 함께 시간을 보내는 친구, 사랑을 속삭이는 연인과의 관계에서 우리는 서로 더 많은 정직함을 요구한다. 우리는 상대방을 사랑할수록 그가 느끼는 감정을 내게 솔직하게 표현해 주기를 원한다. 남에게 내 생각을 표현하는 일이 쉬운 일이 아니라는 걸 알지만, 나를 위해서 그 어려운 일을 해 주었으면 하는 기대도 함께 나타난다. 우리 사이에서는 남들보다 더욱 솔직해져야 하며 숨기고 있는 비밀이 없어야 한다. 우리는 종종 나와 상대가 이루고 있는 사이라는 것으로 인해 더욱 가까워질 때도, 때론 멀어질 때도 있다. 솔직하지 못해 속상한 일이 생길 때면 "우리 사이에 이럴 거야?", "우리가 몇 년을 알고 지냈는데!"와 같은 말들로 상대와의 사이를 강조하며 서운함을 표현한다. 더욱 깊은 '우리 사이'일수록 중요해 보이지 않는 소소한 일들에 대해서도 내게 솔직하게 이야기해 주었으면 한다. 솔직한 이야기를 들을 때면 상대의 깊은 마음속을 들여다보는 것만 같아서, 나와 상대의 사이가 더욱 깊어지는 것 같은 느낌을 받을 때도 있다. 솔직하게 말하는 것만으로 상대의 기분을 좋아지게 만들 수 있다. 더불어 각별한 사이에서의 올바른 솔직함은 더더욱 끈끈한 유대를 만들어 준다.

살면서 생기는 여러 갈등은 솔직하지 못해서 발생하는 경우가 대다수이다. 솔직함에는 생각보다 어마어마한 책임감이 따라오기 때문이다. 가끔은 솔직하게 이야기하면 무언가를 포기해야 하거나 많은 사람들에게 비난을 받을 수 있는 상황이 찾아온다. 이런 리스크를 모두 감수해야만 실행할 수 있는 것이 솔직함이기에, 사람들은 솔직한 사람을 더욱 좋아하고 용서하기 어려운 일을 쉽게 용서해 주기도 한다. 부모가 잘못한 것에 대해 솔직하게 말한 어린아이를 기특해하듯이, 이는 때로 고마운 일이 될 수 있으며 어쩌면 더 큰 신뢰를 쌓을 수도 있는 일이 된다.

평소에 즐겨 보는 스케치 코미디 채널이 있는데, 한 에피소드에서는 솔직하지 못해 발생하는 일을 주제로 이야기를 재미있게 풀어 나간다. 주인공은 친구에게 30만 원을 빌렸다는 사실을 잊은 채 돈을 모아서 80만 원 상당의 명품 지갑을 사게 된다. 나중에 도착한 친구가 지갑을 보며 빌려준 돈에 대해 이야기하자, 주인공은 솔직하게 말을 꺼내지 못하고 지갑이 가품이라며 거짓말하게 된다. 그 후로 솔직하게 이야기하지 못해 계속해서 상황이 꼬이며 여러 소동을 벌이다가 결국 사과와 함께 친구에게 솔직하게 사실을 이야기하게 되는 에피소드다.

나는 유머러스하고 재미있는 연출뿐만 아니라 솔직하게 이야기하는 것이 얼마나 중요한 일인지를 알려 주는 것만 같아 특히나 이 에피소드를 좋아한다. 마지막에 주인공이 사실을 이야기하며 다음 주까지 꼭 친구의 돈을 갚겠다고 이야기하자, 친구가 웃으며 다시는 돈을 빌려주지 않겠다고 이야기하며 에피소드가 끝난다. 감춰 두었던 사실 때문에 상대를 실망시킬 수 있지만 솔직하게 이야기하면 상대방을 웃게도 할 수 있다는 건 아닐까.

솔직함을 주제로 글을 써야겠다고 다짐한 이유는 다름 아닌 내가 글을 쓰며 솔직하지 못했기 때문이다. 글을 쓰다가 갑작스럽게 막혀 버리는 구간이 자주 발생하자 지쳐서 썼던 글을 포기하고 털썩 누워 버렸던 적도 있다. 누워서 왜 자꾸만 막막한 부분이 찾아오는지 생각해 보았다. 어쩌면 글을 쓰면서 내가 하고 싶은 이야기를 솔직하게 하지 못했기에 그런 건 아닐까 싶더라. 진짜 하고 싶은 이야기가 있는데도 내 생각을 그대로 담아내는 것이 아니라, 유려한 글을 쓰려면 이 뒤에 어떤 문장이 들어가야 하는지를 생각하며 글을 썼다. 솔직하게 글을 쓰지 못하고 있는 것만 같았다. 그래서 다시 일어나 솔직하게 이야기하고 싶은 내용으로 글을 쓰기 시작했고, 마침내 그 끝을 맺으며 글을 완성할 수 있었다. 알 수 없이 풀리지 않던 문제들도 솔직하게 표현한다는 것 하나로 해결되어 버린 것이다.

살면서 솔직하지 못해 발생하는 여러 일들에 코를 베인 적이 많다. 하지만 이제 발생한 문제를 가장 간단하게 해결할 수 있는 방법이 솔직하게 표현하는 일이라는 것임을 알고 있다. 솔직하게 표현한다는 건 언제나 어려운 일이다. 그러나 우리는 솔직함을 통해서 상대방에게 한 발짝 다가갈 수 있고 얼어 있던 상대방의 마음을 녹일 수 있다. 무언가를 어려움을 겪고 있다면 솔직하지 못한 채로 어떤 일에 임하고 있는 것은 아닌지 고민해 보자. 그리고 솔직해지자. 걱정과는 다르게 겪고 있던 문제를 깔끔하게 매듭지을 수 있을 것이다.

알 수 없이 끌리는 사람이란

인간적인 매력은 소박하고 강력한 무기이다.

                          – 그라시안

    살아가면서 만나는 여러 사람 중 왜인지 모르게 끌리는 사람, 친해지고 싶은 사람, 호감이 가는 사람들의 특징은 자신만의 분위기가 있다는 점이다. 더 알아 가고 싶다는 생각이 드는 사람은 보통 자신들에게만 존재하는 독특한 빛깔을 지니고 있다. 살면서 처음 만나 보는 신기한 기백이 바라보기만 해도 넘쳐흐르는 것만 같다. 이야기를 나누면 나눌수록 알 수 없는 기백에 홀리는 기분이 든다. 상대방이 마치 화려한 색의 물감들로 그림을 그리는 화가인 것만 같다. 한번 그에게 빠지게 되면 완성된 그림을 보고 싶어서라도 오래 붙잡아 두고 싶다. 우리는 그들을 보며 매력적인 사람이라고 표현한다.

    매력적인 사람들은 쉽게 흉내 내기 어려우며 말로 표현하기도 어려운 무언가를 하나씩 가지고 있다. 살아가다 이런 사람들을 만날 때면 한창 푹 빠져 하루 종일 친한 친구에게 그 사람에 대해 이야기하곤 하는데, 정작 "뭐 때문에 좋아해?"라는 친구의 질문에는 "잘 모르겠는데 그냥 끌려."라고 답하곤 했다. 끌리는데 이유가 없는 것만 같아 더욱 흥미롭다. 그러다 보면 함께 보내는 시간과 떨어져 있는 시간에서 각각 여러 생각과 느낌이 뭉쳐 조화를 이루게 된다. 그만이 가지고 있는 '매력'에 빠져 헤어져 나올 수 없게 되는 것이다.

어쩌면 많은 사람에게 인기 있진 않더라도, 골목길에 들어선 작은 카페처럼 사람들이 꾸준히 찾는 사람은 자신만의 매력을 가진 사람들이 아닐까. 정말 사람들에게 사랑받고 계속 찾는 사람이 되고 싶다면 누구도 따라 할 수 없는 고유한 기백을 만들어야 한다. 기백은 평소에 입는 옷이나 말하는 자세와 상대의 이야기를 듣는 태도, 몰두하며 할 수 있는 취미와 같이 살아가며 남기는 수많은 흔적으로 형성된다. 매번 인기 있는 옷을 입거나 최근에 나온 드라마를 보며 유행하는 일들에 탑승하는 행위를 목적으로 두고 살아가기 급급한 것보다, 조금은 특이해 보이더라도 자신이 좋아하는 옷을 입고 좋아하는 영화를 수백 번이고 돌려 보는 사람이 더 매력적이라고 느껴진다. 비싼 커피를 좋아하는 사람보다는, 어떤 카페에서든 매일 마시는 메뉴를 고르며 흘러나오는 음악을 조용히 감상하는 사람이 더욱 매력적이다. 나만이 가지고 있는 향기와 빛깔을 상대방의 옷에 배게 하는 일들이 떠나간 후 그에게 나에 대한 깊은 인상을 남겨 줄 수 있다.

모든 사람은 자신만이 가지고 있는 매력이 있다. 평소에 의식하지 못하는 생활 습관, 루틴이나 화법, 좋아하는 시간과 같은 여러 가지가 모여 하나의 매력을 만든다. 자신만의 기백이 없는 사람은 없다. 단지 그 기백의 양에 따라서 사람들이 비로소 매력적인 사람과 덜 매력적인 사람을 나누게 되는 것이다. 만약 자신이 매력이 없는 사람이라고 느낀다면 일상에서 나만이 낼 수 있는 어떤 향기가 있는지를 고민해 보자. 나의 매력이 무엇인지를 알고 있어야만 다른 사람들도 내게 매력을 느낄 수 있다. 매력적인 사람이 되기 위해 매력을 만들려고 하지 말자. 오히려 내가 어떤 매력이 있는지를 알고 그 향을 진하게 만드는 것, 그것이야말로 다른 사람을 끌어당기는 나만의 매력이 된다.

골목길에 들어선 작은 카페처럼 사람들이 꾸준히 찾는 사람은
자신만의 매력을 가진 사람들이 아닐까.

글다운 글쓰기

제대로 쓰려 말고, 무조건 써라.

- 제임스 서버

글쓰기에 대해 짧게 이야기해 보려 한다. 훌륭한 자기계발서 는 책을 읽은 후 또 다른 자기계발 서적을 찾게 하지 않는, 하고 싶었지만 망설이고 있던 도전들을 실현할 수 있게 도와주는 책 이라는 말이 있다. 나 또한 약 1년 전쯤 우연히 읽었던 한 권의 책 때문에 비로소 망설이던 글쓰기를 시작할 수 있게 되지 않았 나 싶다.

나는 책을 읽는 습관이 없었다. 초등학교 때 다독상을 받기 위해 별생각 없이 기계처럼 읽었던 수백 권의 책을 제외하면 중 학교 이후로 나에게 책은 '읽으면 도움 되는 것' 정도의 위치에 자리 잡았다. 그러다 최근에 막막한 고민을 도저히 해결하지 못해서 책에서 정답을 얻어야겠다는 생각으로 관심을 들이기 시작했다. 무슨 책을 읽어야 할지 몰라서 당시 친하게 지내던 지인에게 빌린 에세이 한 권을 읽었다. 책에는 당장 문제를 해결하는 현실적인 방법은 없더라도 지칠 대로 지친 나를 따뜻하게 감싸안아 주는 내용이 가득했다. 작가가 책에 썼던 여러 가지 비유와 표현을 읽으면서 처음으로 나도 글을 써 보아야겠다고 생각하게 된 것이다.

처음에는 가볍게 시를 써 보려고 했었다. 그러나 그때는 말하고 싶은 이야기를 전하는 것보다는 유려한 문장이나 표현을 사용해 글을 꾸미는 데에만 급급했던 것 같다. 이런 글들은 겉보기에는 아름답더라도 내 생각을 완벽히 전달하기 어렵다는 한계가 있었다. 또 글을 꾸미려고만 하다 보니 점점 많은 시를 쓰면 쓸수록 모든 글이 비슷해져 주위를 웃돌고 있다고 느꼈다. 계속해서 글이 비슷해지자 어휘력이 부족해서 아름다운 글을 쓰지 못하고 있다고 생각했다. 그래서 쓰는 일을 잠시 멈추고 다른 작가들이 쓴 글들을 읽기 시작했다.

여러 권의 책을 읽은 후에는 바로 글을 쓰기 시작했다. 책을 읽고 나서는 글을 꾸미는 것보다 쓴다는 것에 중점을 두고 싶었다. 더 이상 액세서리와 같이 아름다운 문장만을 반복하며 나

열해 두는 글을 쓰고 싶지 않았다. 하나의 주제를 가지고 A4 한 장을 가득 뒤덮는 글을 쓰고 싶었고, 그런 글들을 몇십 개씩 모아 하나의 책으로 엮고 싶다는 생각이 들었다. 어렵게 첫 글을 쓰고 나서 찬찬히 글을 읽어 보니 꽤 만족스러웠다. 완벽하진 않지만 앞으로 더욱 뜻깊은 글을 쓸 수 있을 것이라 믿었으며 이전과 다르게 진짜 글을 쓰고 있다는 기분이 들었다. 그날은 혼자 앉아서 하루에 도합 6,000자가 넘는 세 개의 글을 쓰고서 겨우 잠이 들었다.

글다운 글은 누군가 글을 읽고 작가의 생각을 전달받을 수 있어야 한다고 느낀다. 낮에는 골방에서 나와 다양한 작가들의 말들을 읽고 밤에는 방에 앉아 글을 써 내려가기를 반복한다. 언젠가 이 이야기들이 모여 책이 되기를 바라면서.

바라보는 시간

세상에 전하는 작은 목소리

사회를 바라보는 시선에 대해 작은 이야기들로 이루어져 있습니다.

일상에서 흔히 볼 수 있는 것들 중, 잘못되었다고 느끼는 것들에 대한 비판,

그리고 그럼에 보아야 하는 가치관이나 철학들을 정리했습니다.

'중간의 지옥'에 대한 고찰

어떤 일을 시작조차 하지 않으면, 중간의 지옥을 지나지 않으면 내 삶에 어울리는 방식을 찾아낼 수 없다.

– 정지우

시작이 반이라는 말처럼 무엇이든 처음 시작하는 일은 매우 어렵다. 그런데 어떻게 시작을 하고 나서 중간을 넘기는 일 또한 못지않게 어려운 것 같다. 정지우 작가의 책인 『돈 말고 무엇을 갖고 있는가』에서는 시작한 일의 중간 지점을 '중간의 지옥'이라고 표현한다. 많은 사람들이 어떤 일을 시작하고 나서 가장 많이 포기하는 곳은 일의 중간쯤에 다다랐을 때이다. 우리는 살면서 시도해 보는 모든 일에서 중간의 지옥을 만나곤 한다.

나는 아주 어릴 때 피아노를 배웠다. 피아노는 처음 접하는 시기가 빠를수록 좋다는 통념이 있는데, 보통 여섯 살에서 아홉

살 사이에 피아노를 시작하면 아이의 음악성 발달에 매우 큰 도움이 된다고들 한다. 아이를 피아니스트로 키우고 싶다면 정확히 여섯 살 때 피아노를 배우게 하라는 말도 있는데 나 또한 여섯 살 때 처음 피아노를 시작했다. 아마 꾸준히 피아노를 연주했다면 지금쯤 내 손은 백지 위가 아니라 피아노 위에 있었을지도 모른다.

하지만 나는 피아노를 배우는 몇 년간 중간의 지옥을 단 한 번도 넘기지 못했다. 보통 피아노 연주라고 한다면 재즈나 클래식과 같은 곡을 떠올릴 것이다. 당시에도 나 또한 재즈와 클래식, 유행하는 케이팝의 악보를 따라 치다 보면 더 난이도 있는 화려한 곡을 연주하고 싶은 욕심까지 생기곤 했다. 그런데 연주 실력을 높이기 위해 거의 필수적으로 연습해야 하는 체르니와 하농이라는 악보가 있다. 이 악보들은 똑같은 선율을 반복하여 다섯 손가락의 힘을 똑같이 사용할 수 있게 도와주고, 때론 손이 빠르게 오가는 음들을 요구해 건반을 잘 다룰 수 있도록 도와준다. 그래서 처음 피아노를 배우면 클래식이나 재즈보다 더욱 많이 연습하는 악보들이 체르니와 하농이다. 처음 그림을 배울 때 직선만 수없이 긋는 것처럼, 수영을 처음 배울 때 제자리에서 발차기만 계속해서 연습하는 것처럼 피아노도 마찬가지인 것이다.

처음에는 체르니와 하농에 대한 거부감이 크지 않았다. 누군 가의 추천이 아닌 내가 피아노를 좋아해서 시작했기 때문에 시 작의 어려움은 쉽게 극복할 수 있었다. 그러나 피아노를 배우면 배울수록 하나의 '곡'을 연주하기 이전에 계속해서 더욱 높은 난 도를 요구하는 체르니 악보들을 먼저 연주해야 했다. 그러면서 반복되는 지루함과 어려움의 연속이 나를 서서히 중간의 지옥 으로 밀어 넣기 시작했다. 그럴 때마다 혼자 '이 정도면 됐지.', '피아노는 취미일 뿐이니까 괜찮아.'와 같은 위로를 해 가면서 피아노 학원을 몇 달 동안 그만두곤 했다. 그런데 몇 달이 지나 고통이 서서히 잊히기 시작하자 다시 피아노 학원을 등록했고, 또다시 찾아오는 오는 중간의 지옥에서 그만두기를 반복했다. 이런 굴레에 갇혀 수없이 많은 중간의 지옥에서 실패를 겪다가, 열다섯 살이 되었을 때부터 결국 건반 앞에 앉는 것을 영원히 그만두게 됐다.

피아노를 그만둔 지 몇 년이 지나고 나서도 다시 연주해 보고 싶다는 마음은 남아 있었지만 연주를 다시 시작하기란 어려웠 다. 중간의 지옥은 포기한 만큼 다시 시도해 보는 일을 어렵게 만든다. 나는 이미 피아노 연주로부터 오는 중간의 지옥에서 너 무나도 많은 실패를 맛봤기 때문에 도무지 건반 앞에 앉을 수가 없었던 것이다.

책에서는 결국 많은 일에서의 핵심은 '중간'을 어떻게 견딜지를 고민하는 것이라 말한다. 사실 중간의 지옥에서 할 수 있는 일은 자기 자신을 믿고 그냥 하는 일이라고 말이다. 견디기 어려운 구간을 지나고 있다는 사실을 알고 나면 이를 견뎌 내기 위해서 평소보다 더 열심히 하던 일에 정진할 수 있게 된다. 또 중간의 지옥을 반복해서 겪을수록 더욱 다시 시작할 수 있는 기회가 적어진다는 것을 알고 있어야 한다. 중간의 지옥은 거듭할수록 강해진다. 처음 시작할 때 다가오는 중간의 지옥이 그나마 가장 견디기 쉬운 구간인 것이다. 중간의 지옥이 오면 나 자신을 굳게 믿고 그냥 계속하는 것이 유일한 방법이다.

사실 중간의 지옥이 우리에게 나쁘게만 작용하는 것은 아니다. 중간의 지옥을 지나면 우리가 하던 일에 대해 모르고 있었던 것들을 서서히 알게 된다. 무엇 때문에 이 일을 하고 있었는지, 왜 이 일을 해야 하는지와 같은 의문에 대한 정답을 알 수 있게 되고, 정답을 기반으로 이 일을 계속해야 하는지에 대해서도 현명하게 결정할 수 있게 된다. 어쩌면 중간의 지옥이 왔다는 의미는 머지않아 이 일을 하는 이유에 대해서 알 수 있다는 신호인 것은 아닐까. 그렇기에 더더욱 중간의 지옥에서 포기해서는 안 된다. 왜 해야 하는지, 왜 그만두어야 하는지는 비로소 지옥을 지났을 때 알 수 있기 때문이다.

중간의 지옥을 넘지 못하면 평생 그 일과 내가 맞지 않았는지 알 수 없게 된다. 중간의 지옥은 결국 하던 일의 본질을 깨닫게 해 주는, 해 보았다고 하려면 넘어야 하는 반드시 필요한 과정 중 하나인 것이다. 나는 이제 중간의 지옥을 만날 때면 비로소 이 일을 하는 본질적인 이유를 알 수 있을 것임을 기대한다. 기어코 이 구간만을 이겨 내야 궁금했던 질문에 대한 답을 들을 수 있다. 그렇기에 더욱 포기하지 않으려고 노력하게 되는 것이다. 만약 내가 중간의 지옥에 있는 것 같다면 일단 나를 믿고 해 보자. 그것이 곧 답을 알 수 있게 하는 유일한 방법이다.

덧붙이자면, 중간의 지옥이 단 한 번만 존재하지는 않는 것 같다. 중간의 지옥을 견뎌 내면 또 다른 중간의 지옥이 찾아온다. "이전에 견뎌 낸 건 중간의 지옥이 아니었던 건가?"와 같은 의문이 들 때도 있다. 하지만 지금의 지옥도, 이전의 지옥도 중간의 지옥이 맞다. 중간의 지옥은 광활한 숲속에서 어디에서 나타날지 모르는 늪과도 같다. 늪을 빠져나와 걷다 보면 또다시 다른 늪에 빠진다. 어쩌면 더닝 크루거 효과[1]나 낙담의 골짜기[2]와 같은 그래프는 양옆으로 무한하게 이어 붙여야만 현실에 가까워지는 것은 아닐까. 무언가를 시도하는 우리는 수많은 늪을 건너고 나서도, 또 다른 늪을 계속해서 맞이하기 때문이다.

---

1) 자신이 알고 있는 것들이 사실과 다르거나 틀렸다는 걸 알게 되면서 자신감이 하락하지만, 다시 배우면서 지속 가능한 발전의 고원에 이르는 현상. 필자는 해당 현상이 일종의 슬럼프처럼도 다가온다고 많이 느꼈다.

2) 무엇인가를 시작했을 때, 성과를 보이기 전까지 생각과 결과의 불일치가 일어나는 구간.

중간의 지옥이 오면 나 자신을 굳게 믿고
그냥 계속하는 것이 유일한 방법이다.

"노오력을 하세요."

"궁금한 게 있는데요, 왜 '무엇 때문에 힘들어요'라는 글에는 늘 '노오력이 부족해서 그래요'라는 댓글이 있을까요?"

— K대학 재학생 커뮤니티 게시판의 글

요즘 사회는 청년 세대들에게 과한 노력을 요구하는 경향이 있다. 학벌과 취업, 연애나 결혼과 같은 문제들에 대해 안 좋은 소식이 들릴 때면 노력이 부족해서 그렇다는 말을 적지 않게 들을 수 있게 된다. 그런데 당장 내 주변에 있는 청년 세대의 그들은 어느 때보다도 노력하며 하루하루를 열심히 살아간다. 누군가는 쉴 수 있는 몇 분의 시간조차 자기계발을 위해 투자하기도 하며, 또 목표로 삼은 일을 마무리하기 위해 밤을 새우는 일을 마다하지 않는다. 내 또래의 지인들뿐만 아니라 하물며 20대와 30대를 보내고 있는 청년들도 마찬가지다. 연속되는 불합격을 통보받는 취업준비생은 자격증을 하나라도 더 따고 수많은 면접 질문을 대비하기 위해 지하철에서도 책을 편다. 대학교를 졸업하면 대기업에서 학생들을 모셔 가는 세상은 지났다. 얼어붙은 시장 속 좁은 문틈으로 들어가기 위해서 청년들은 매일을 노력하며 살아가고 있는 것이다.

청년 세대들은 노력이라는 단어를 풍자한 '노오력'이라는 단어가 존재한다. 무언가 아쉽게 도달하지 못한 목표가 있다면 "노오력을 하세요."와 같이 비꼬아 말할 때 자주 사용된다. 한편으로는 오죽하면 그들이 노력을 풍자하겠는가 싶은 생각이 든다. 학생이 직장에서 생길 수 있는 불합리한 일이나 불만에 대해 이야기할 수 없으며 결혼하지 않는 사람이 육아의 고통을 토로할 수 없다. 무언가에 대해 목소리를 내고, 때론 이를 풍자하기도 하고, 비판하는 사람들은 누구보다도 대상과 가까이 위치한 사람들이다. 그렇기에 노력을 '노오력'이라고 이야기하는 대상이 다름 아닌 청년 세대라는 것은, 어쩌면 그들의 삶 곁에서 항상 노력이 있었기에 가능한 일은 아닐지 생각해 본다.

실패의 모든 이유가 노력하지 못해서인 세상은 없다. 당장 하루를 '노오력'으로 가득 채우며 살고 있는 이들 앞에서 노력하라는 말만큼 도움 안 되는 말도 없을 것이다. 세상에 있는 모든 청년들은 전부 매일을 노력하며 살아간다. 무조건 이들을 감싸 주어야 한다는 말이 아니다. 적어도 미친 듯이 노력한 이들의 낙담을 노력이 부족하다고 정의해서는 안 된다는 것이다. 우리가 보지 못하고 있는 어딘가에서 그들은 밤을 새우기를 거듭하며 누구보다도 열심히 노력하고 있을지도 모른다. 그렇기에 청년들의 낙담을 마주하게 되면 조언이라고 포장한 섣부른 판단보다는, 가볍게 건넬 수 있는 위안의 말을 해 주는 건 어떨까. 끝내 그들이 목표를 이루기까지 곁에서 묵묵히 응원해 주는 일만큼 큰 위로가 되는 일은 또 없을 것이다.

단절된다는 건

"적절하게 단절돼야 여러 생각도 할 수 있고 그러지."

- 중학교 2학년, 담임선생님으로부터

단절은 현대 사회에서 매우 중요한 의미를 지닌다. 우리는 매일 정보의 홍수 속에서 살아가며, 끊임없는 자극과 상호작용에 노출된다. 이와 같은 상황에서 적절한 단절은 개인의 삶에 중요한 영향을 미친다. 단절은 단순히 관계나 정보의 차단을 의미하는 것이 아니라, 삶의 균형을 찾고 내면의 세계를 가꾸는 과정에서 중요한 역할을 한다.

먼저 단절이 필요한 이유를 생각해 보자. 정보의 과잉, 끊임없는 사회적 관계, 다양한 스트레스 요인들은 우리의 정신과 신체에 큰 부담을 준다. 이러한 부담은 삶을 복잡하고 빠르게 만들어 때로는 정신적인 안정을 찾기 어렵게 만든다. 그렇기에 적절한 단절을 설정하는 것이 중요하다. 예를 들어, 일정한 시간 동안 디지털 기기나 소셜 미디어에서 벗어나 자신만의 시간을 갖는 것은 정신적인 휴식을 가져오고, 그로 인해 내면의 성찰을 돕는다. 이러한 단절을 통해 우리는 다시 자기 자신과 마주할 수 있는 시간을 가질 수 있게 된다.

하지만 단절에는 단순히 끊긴다는 것 이상의 의미가 있다. 영화 〈세브란스: 단절〉은 단절을 과도하게 극대화한 경우를 보여 준다. 이 영화에서는 직장과 사생활을 완전히 분리하는 시술을 다루며, 이를 통해 두 가지 삶을 살아가는 사람이 등장한다. 이러한 극단적인 단절은 어느 한쪽의 삶을 희생시키는 결과를 초래한다. '아우티'와 '이니'라는 두 인물은 동일한 한 사람의 기억들임에도 불구하고 단절이라는 과정에서 서로 다른 삶을 살아간다. 결국 이들은 심리적인 충돌과 갈등을 겪게 되고 결국 극단적인 선택에까지 이르게 된다. 이 영화는 단절이 때로는 인간 존재를 분열시키고, 지나친 단절이 얼마나 위험한지를 잘 보여 준다.

따라서 단절을 효과적으로 활용하기 위해서는 완벽한 단절이 아닌 조절된 단절이 필요하다. 일과 휴식의 구분, 사람과 사람 사이의 개인적인 시간을 확보하는 것, 그리고 정보와의 선택적 연결 등이 중요한 전략이 될 수 있다. 이와 같은 단절은 우리의 삶에 피로를 덜어 주고 정신적인 안정감을 찾는 데 도움을 줄 수 있다. 하지만 이 모든 것들이 완전한 차단이나 단절이 되어서는 안 된다. 세상과의 연결을 끊지 않으면서 적절한 수준의 단절을 유지하는 일이 중요하다. 우리는 현명하게 단절을 활용하여 삶의 질을 높이고 내면의 성장에 이바지할 수 있는 능력을 키워야 한다.

결국 단절은 삶에서 중요한 조절 장치로서 작용한다. 때로는 정보를 걸러내고, 관계를 분리하며, 세상과의 접점을 조절하는 것이 우리의 정신적, 정서적 건강을 지키는 데 중요한 역할을 한다. 적절한 단절은 지나치게 복잡하고 빠르게 돌아가는 삶 속에서 균형을 찾는 중요한 수단이 될 것이다.

무엇이든 만족하는 삶,
무엇이든 안주하지 않는 삶

성공이란 자신에 만족하고, 자신이 하는 일도 만족하며, 자신이 하
는 방식도 만족하는 것이다.

– 마야 안젤루

요즘 우리가 살아가는 사회를 돌아보면 서로 끝없이 비교하
면서 돈과 명예를 가져야만 누릴 수 있는 비싼 행복을 추구하
려고 노력하는 듯하다. 인스타그램에서의 모든 사용자는 추억
할 만한 인생의 하이라이트를 사진으로 찍어 올리곤 한다. 그렇
기에 인스타그램에는 절망이 없다. 인플루언서들은 온몸을 명
품으로 치장한 후 찍은 사진을 올리고, 사업가들은 고가의 명
품 시계를 찬 채 비싼 레스토랑에서 식사를 즐기는 사진을 올린
다. 인스타그램을 쭉 보다 보면 사진들이 나에게 "성공한 삶이
란 이런 거야."라고 속삭이며 인생의 정답을 정해 주려는 것만
같은 느낌이 든다. 평범한 사람들은 가지지 못하는 부와 명예를

과시하며 사는 것이 진짜 성공한 삶이라고 이야기하는 것 같다. 이런 속삭임들은 우리가 진정한 삶의 정답을 찾는 일을 방해하며, 끝없이 누군가와 나를 비교하게 하여 삶을 불행하게 만드는 요소이다.

진짜 성공한 삶은 무엇일까. 성공은 우리의 삶에서 멀리 있는 것만은 아니라고 생각한다. 나는 남들과 비교하지 않아도 되는 나만의 가치관을 정해 두고 그에 맞게 살아가는 삶이 진짜 성공한 삶이라고 믿는다. 타인과의 비교도, 타인이 정해 둔 정답도 아닌, 내가 추구하는 정답들을 중심으로 살아가는 것이 곧 성공인 것이다.

아는 지인과 이런저런 대화를 나누다가 '타인과 비교하는 일'을 주제로 이야기했던 적이 있다. 그러자 그는 항상 모든 사람들을 대하면서 머릿속에 "네가 뭔데?"라는 생각을 달아 두고 산다고 이야기했다. 남들의 기준과 달리 무조건 자신이 옳다고 생각하며 삶을 살아가는 것이다. 이런 극단적인 생각은 약간의 부작용이 있을 수 있지만, 실제로 자신의 주관을 강하게 세워 두고 이에 맞게 살면 타인과 나를 비교하며 끝없는 불행에 떨어질 일은 없다. 처음 지인에게 그 말을 들었을 땐 어이없다는 듯 웃어넘겼지만, 한편으로는 그의 생각 일부만은 본받아 마땅한 부분이 있지 않을까 싶기도 했다.

살다 보면 자신의 삶에 있는 그대로 만족할 수 있는 나만의 가치관을 세워 두는 일이 필요하다. 우리 모두는 반드시 다른 사람들보다 부족한 점도 있을 것이며, 반대로 나만이 가지고 있는 뛰어난 점들도 존재한다. 그렇기에 무엇이 더 가치 있고 성공한 삶인지를 쉽게 판단해서는 안 된다. 비교하는 행위는 끝이 없다. 비교하는 대상 너머에는 또 다른 비교할 거리가 존재한다. 남들과 끊임없이 비교하며 세상의 잣대에 기준을 맞춰 살아가다 보면 영원히 만족하는 삶을 살 수 없게 된다. 눈앞에 보이는 '비교'라는 책을 잠시 손에서 놓고, 창문 너머의 풍경을 바라보며 지금 누리고 있는 나의 삶에 만족하는 태도를 가져 보자.

하지만 지금 나의 삶에 안주하고 있어서는 안 된다고도 생각한다. 안주하는 삶은 마치 고이는 것과도 같아서, 비교하는 일을 떠나 더 큰 무언가를 이루어 낼 수 있음에도 제자리에 털썩 앉아 버리는 것과 같다. 무엇이든 만족하지만 안주하지는 않으려는 삶을 살아야 한다. 그러다 보면 자신만의 가치관 안에서 이루어 낼 수 있는 여러 목표를 세우고, 하나씩 도달해 가며 값진 경험을 얻을 수 있게 된다.

SNS라는 깊은 늪에 들어가 허우적대고 있다면 잠깐 휴대폰을 내려놓고 자신이 무엇을 할 때 행복한지 생각해 보자. 아주 사소하더라도 남들은 하지 못하는 나만이 할 수 있는 것들을 잊지 말자. 나의 삶에 만족함으로 이루고자 하는 꿈을 꾸기 위해 안주하지 않으며 살아갈 수 있을 것이다.

남들과 비교하지 않아도 되는 나만의 가치관을 정해 두고
그에 맞게 살아가는 삶이 진짜 성공한 삶이라고 믿는다.

혐오가 문화로 소비되는 시대

무엇보다 개인은 자율적으로 혐오 표현의 메시지를 거부하고 편견과 차별을 떨쳐 냄으로써 자유와 평등의 가치를 확보하려 노력해야 한다.

– 〈혐오로 얼룩진 사회〉(카이스트 신문), 고범준

요즘 시대에 혐오는 일종의 유행으로 우리 삶에 자리 잡은 것 같다. 10대부터 30대들이 가장 많이 사용하는 SNS인 인스타그램에는 모르는 사람들도 볼 수 있는 짧은 동영상을 올리는 '릴스'라는 콘텐츠가 인기를 끌고 있다. 60초 이내의 동영상에 사람들이 다양한 메시지를 담아 올리면 전 세계의 많은 사람들이 매일 수십 개의 영상들을 소비한다. 그런데 이런 릴스에도 문제점이 있다. 바로 그 동영상이 사람들의 혐오를 분출하는 장으로 사용된다는 점이다.

릴스마다 자신의 의견을 남길 수 있는 댓글 창이 하나씩 존재한다. 댓글 창을 몇 개 내리다 보면 형언할 수 없는 모욕과 조롱, 혐오, 비난과 차별로 뒤덮인 화면이 종종 보일 때도 있다. 릴스 안에서의 인신공격과 명예 훼손, 성희롱과 외모 비하는 정말 흔하게 볼 수 있다. 남자와 여자, 기성세대와 청년세대에 모자라 식습관과 종교에 관련해서도 집단을 나누어 쉴 새 없이 싸우고 서로를 비난한다. 또 연예인이나 공인이 잘못이나 말실수를 했을 때, 단순히 공인이라는 이유로 자신들이 가진 모든 힘을 다해 모욕과 조롱을 일삼으며 그의 인생을 끌어내리려고 한다. 잘못된 행동에 대한 비판은 늘 옳으며, 실수를 한 공인의 인생이 끝나는 것은 당연한 일이라고 생각하며 '나락'이라는 키워드를 문화로 만들어 끊임없이 소비한다. 비난과 조롱은 정의로운 일이자 하나의 문화가 된 인스타그램이라는 가상 세계에서, 내가 소비하고 있는 영상에 혐오가 담겨 있다는 사실을 인지하기 시작하면 더 이상 이를 소비하고 싶은 마음이 사라진다. 혐오는 쉽게 소비되어서는 안 되며, 별일 아닌 하나의 문화 또는 유행으로 자리 잡아서는 안 된다.

대한민국의 아이돌은 국내뿐만 아니라 해외에서도 폭발적인 인기를 누리기도 한다. 세계적으로 유명한 그룹은 한국뿐만 아니라 여러 나라를 오가면서 해외 투어를 다닌다. 데뷔하자마자 빠른 시간에 엄청난 인기를 누리며 사람들에게 많은 사랑을 받은 한 아이돌 그룹이 있다. 한번은 그 그룹이 국제적으로 유명한 무대에 초청되어 공연을 했던 적이 있었다. 공연 도중 음정이탈이나 호흡 불균형 등의 작은 실수가 있었지만, 준비한 노래들을 모두 끝마치고 무대를 내려왔다. 우리나라의 아이돌이 폭발적인 인기를 누려 국제적인 무대에서 공연을 한다는 것은 감히 대단한 일일 것이다. 하지만 공연이 끝난 당일, SNS는 온통 그 그룹에 대한 모욕과 조롱, 비난으로 미친 듯이 불탔다. 세계를 대표하는 자리에서 음정 이탈 때문에 나라 망신을 줬다는 댓글, 가수가 노래를 못하면 어떡하냐는 댓글부터 시작해서, 노래와 관련도 없는 외모나 성희롱 등을 일삼는 댓글도 적지 않게 볼 수 있었다. 나아가 무대에서 실수했던 부분들을 모아 조롱하는 영상 클립이 SNS를 돌아다녔고, 아이돌 그룹이 주기적으로 올리는 SNS의 짧은 영상에도 "이런 거 찍을 시간에 연습이나 더 해라!", "노래나 잘 불러라!"와 같은 조롱이 몇 달 동안 댓글창을 뒤덮었다.

댓글들을 읽다 보면 간혹 괴리감이 들 정도로 심한 모욕을 적어 둔 댓글들도 볼 수 있다. 이런 글들은 "정말 이 정도까지 해야 하나?" 싶을 정도로 눈살을 찌푸리게 만든다. 매번 반복되는 이유 없는 혐오는 하나의 유행처럼 느껴진다. 끊임없이 혐오를 소비하는 그들에게는 그저 계속해서 혐오해야 할 대상이 필요한 것이다. 그들은 단지 많은 사람들이 비난하는 누군가는 모욕받기 마땅한 사람이며, 더불어 자신들이 그 대상을 심판해야 할 의무가 있다고 생각한다. 얼굴도 모르는 사람들과 같이 대상을 조롱하며 일종의 소속감을 느낌과 동시에 대상의 인생이 무너지는 것을 보며 쾌락과 정의감을 느낀다. 더러운 굴레를 하나의 문화로 소비하며, 이미 비난한 대상에 만족하지 않고 자신들이 만든 법정 앞에 설 피고인은 또 누가 있는지 혈안이 되도록 찾기를 반복한다.

우리는 혐오라는 문화를 없애진 못할지언정 혐오가 문화로 소비되고 있다는 사실을 인식하고 이에 대한 거부감을 느껴야 한다. 이런 문화에 동조하지 않아야 하며 혐오는 절대 올바른 비판 방법이 아니라는 것을 늘 염두에 둬야 한다. 비난과 조롱으로 인해 얻는 쾌락은 잘못된 쾌락이며, 삶에서는 이보다 더욱 가치 있고 행복한 일로만 채워 가도 충분하다. 혐오는 삶의 양식이자 표현 체계로 들어설 수 없으며 소비되어서도 안 된다. 유행이 정답이라고 치부되는 요즘 시대에 우리는 더더욱 경각심을 가지고 옳고 그름을 판단해야 할 필요가 있다.

부서져 버린 판단의 기어

동요(動搖)만 하고 있으면, 아무런 일도 성취하지 못한다.

– 그라시안

같은 환경에서 함께 부대끼며 오래 살아온 사람들이 있다면, 보통 섬세한 삶의 시선까지는 아니더라도 어떤 사회적인 이슈를 바라보는 시선이 그 사람들과 꽤 닮아 있는 것 같다. 그렇게 살아오던 공동체를 이루는 사람이 많을수록 나 또한 이들과 비슷한 생각을 가지기도 하며, 때론 혼자서는 다른 관점으로 바라보던 생각도 그들과 만나 이야기하다 보면 동화되는 경우도 있다. 그런데 요즘은 사회적인 이슈를 바라볼 때 나만의 기준을 세워 두고 문제를 판단하는 것이 합리적이라고 느낀다. 학교를 졸업하고 나서 계속해서 풀이 과정과 정답을 요구하는 문제 해결은 사회적인 이슈를 대하는 생각으로부터 나온다. 그렇기에 당장 별일이 아니더라도, 세상의 일에 적절한 관심을 가지며 내가 어떤 자세를 취하고 있는지는 생각해 보아야 할 필요가 있다. 끊임없이 보도되는 다양한 이슈 속에서 나는 무슨 생각을 하며 어떤 시선으로 누구를 바라보고 있는가. 어쩌면 이때까지 보았던 수많은 이슈들에 대한 나의 판단들이 모여 지금의 내 판단력을 형성하고 있는 일일지도 모른다.

이슈를 계속 곱씹어 보는 일은 계속해서 나를 만들어 가는 일이다. 그렇기에 되도록 사회적으로 고민해 보아야 할 이슈가 발생했을 때 보도되는 뉴스를 보며 많은 생각을 해 본다. 친한 친구들과 만나 이야기할 때면 가끔 이슈를 바라보는 서로의 시선을 공유해 보기도 한다.

그런데 최근에는 이때까지 내가 제어하고 있다고 생각하던 판단의 기어가 부서져 있었다고 느꼈다. 처음에 친구들과는 사뭇 달랐던 생각들도 시간이 지나고 보면 나 또한 똑같은 입장에서 무언가를 판단하고 있었다. 어쩌면 처음에 가지고 있던 판단의 기어를 주변인들이 부수어 버린 것은 아닌지, 그리고 나 또한 주변 누군가의 기어를 부순 적이 있었지 않을까 싶었다. 그저 주위 모든 사람이 옳다고 이야기해서, 그릇됐다고 느꼈던 게 옳은 일이 된 것은 아닐까. 모두가 그릇됐다고 해서, 옳다고 느꼈던 게 그릇된 일이 된 것은 아닐까.

최근에 큰 화제가 되었던 이슈를 친구들과 함께 이야기하며 문득 그런 생각이 들었다. 뉴스 기사를 본 친구들은 대부분 어떤 집단을 비판적으로 바라보는 의견을 가지고 있었다. 이 이슈는 현대 사회에서 늘 존재하고 있던 갈등과 비슷했는데, 친구들이 기존에 갈등을 바라보던 시선을 가지고 동일하게 이슈를 바라보니 더욱 확고하게 이들을 비판하는 것만도 같았다. 그런데 당시 나는 의견이 조금 달랐다. 문득 주변인들이 모두 동일한 생각을 가지고 나 혼자만 다른 생각을 하고 있다고 느끼다 보니, 그전에도 나는 이런 상황에서 동화된 적이 있지 않았을까, 또는 내가 다른 생각을 가진 누군가를 동화시켰던 적은 없을까 의문이 들었다.

　이슈가 발생하고 난 후 며칠 동안은 무엇이 옳은지만 계속 생각했다. 섣불리 무엇이 맞고 무엇이 틀린지를 입 밖으로 표출하지 않았다. 그러고 나서 생각이 정리되자 겨우 판단의 끝에 설 수 있게 되었다. 사실 무엇을 결정하든 당장 내 삶이나 생각하던 이슈가 바뀌거나 하는 일은 없다. 그러나 이슈에 대해 생각해 보는 일은 마치 날카롭고 정교한 사고력을 기르는 시험처럼, 이슈라는 시험지에 정답을 그려 넣는 행위와도 같다. 절대 누군가를 비난하고 조롱하지는 않되, 문제를 풀어 보며 사고력을 기르는 것이 삶에서의 문제를 만났을 때 대처하는 능력을 기를 수 있는 방법이다.

　요즘은 친구들과 이슈에 대한 이야기가 나오면 조용히 이야기를 듣다가 조심스럽게 내 의견을 이야기해 본다. 나는 왜 다르게 생각하는지, 어떤 부분에서 타당하다고 느끼는지, 반대로 어떤 부분은 조금 과하다고 느끼는지를 이야기한다. 친구들 또한 내가 왜 그런 생각을 했는지를 이해해 주고 이에 살을 붙여 본인의 의견도 구체적으로 이야기하곤 한다. 한쪽에 서서 다 함께 무언가를 비판하는 것보다는, 다양한 시점으로 문제를 바라보며 서로의 생각을 나누다 보니 머릿속에서 정리되지 않았던 부분들도 오답 노트를 쓰는 것처럼 올바르게 정리되는 듯도 하다.

　다양한 관점으로 바라볼 수 있는 문제에 대해 무턱대고 내 의견보다는 공동체의 의견을 따라가려 하지 않으려 한다. 나만의 생각을 충분히 다진 후, 공동체를 이루는 구성원들과 이에 대해 생각을 나눔으로 비로소 문제를 해결하게 되는 것이리라 믿는다.

모든 사람이 옳다고 이야기해서, 그릇됐다고 느꼈던 게 옳은 일이 된 것은 아닐까.
모두가 그릇됐다고 해서, 옳다고 느꼈던 게 그릇된 일이 된 것은 아닐까.

SNS에서 빠져나와야 하는 이유는

"모두에게 진실을 왜곡할 자격이 있다면, 사람들이 함께 모일 필요가 없습니다."

– 다큐멘터리 〈소셜 미디어〉 중

요즘 나를 포함한 또래들은 SNS로 수많은 정보를 주고받는다. 하루에 수십 번을 넘게 SNS에 접속하여 서로 어떻게 살고 있는지를 공유하고, 여러 대화를 나누며 때론 웃긴 동영상이나 게시물들을 소비한다. 장담컨대 핸드폰을 사용하는 내 또래 중 인스타그램이나 페이스북, 유튜브와 같은 SNS를 단 한 번도 들어가 보지 않은 사람은 없을 것이다. 시간이 지날수록 SNS의 사용자는 더욱 많아지고 있다. 현대 사회에서 SNS는 우리 삶의 깊은 곳에 자리 잡아 하나의 문화이자 생활양식으로 소비되고 있다. 그런데 우리는 SNS에서 어느 정도 빠져나와야 할 필요가 있다. 적어도 우리가 사용하는 SNS 뒤에서 어떤 일이 벌어지는

지 인지하며 이를 사용해야 한다.

　인스타그램은 매일 우리에게 주어지는 86,400초 중 단 1초라도 더 뺏기 위해서 어플리케이션에 온갖 자극적인 장치를 심어 두었다. 요즘 인스타그램 내에서 제일 많이 소비되고 있는 것은 릴스이다. 짧은 동영상들을 모아 놓고 스크롤 할 때마다 다른 영상을 보여 주는데 그 중독성은 무시할 수 없을 정도로 강하다. 매번 볼 때마다 새로운 영상들을 보여 주어 뇌에 도파민을 공급하며, 사용자에게 단지 손가락을 내리는 것만으로 도파민을 얻을 수 있게 한다는 믿음을 준다. 또한 인스타그램의 다이렉트 메시지에도 사람들을 붙잡아 놓는 요소가 매우 많다. 현재 지인이 인스타그램에 접속 중인지, 아니라면 언제 마지막으로 접속했는지 같은 정보들을 보여 주기도 한다. 상대방이 내가 보낸 메시지를 읽었는지, 그리고 지금 이에 대해 답변 중인 것까지도 실시간으로 볼 수 있다. 마치 SNS를 현실 세계와 연결된 하나의 세계라고 느끼게 해 1초라도 더 어플리케이션에 머물 수 있도록 사용자들을 잡아 두는 것이다.
　이렇게 우리의 1초를 뺏기 위해 온갖 자극적인 기능들을 집어넣는 이유는 간단한데, 바로 광고를 지속적으로 노출하게 하기 위함이다. 고객에게 직원은 '사용자'라는 이름을 붙이는가.

인스타그램에 있어 우리는 고객이 아니라 말 그대로 '사용자'일 뿐이다. 식당에서 음식을 먹으려면 그만한 비용을 낸다. 또한 읽고 싶은 책을 가지려면 서점에서 비용을 내고 이를 구매한다. 그런데 우리가 인스타그램을 통해 지인들과 정보를 공유하고 재미있는 동영상을 볼 때 우리는 아무런 비용을 내지 않는다. 그렇다면 그들에게 있어 아무런 비용을 내지 않는 우리는 과연 고객이 맞는가? 어쩌면 인스타그램의 진짜 고객은 우리가 아닌 광고주들이며 우리 자체가 그들의 '상품'일지도 모른다.

거의 모든 사람이 SNS의 알고리즘 시스템에 대해서 인지하고 있다. 릴스와 같은 동영상은 모든 사람에게 똑같은 영상이 똑같은 순서대로 제공되지 않고, 사용자의 관심사나 취미에 따라 어떤 동영상을 제공하는지가 달라진다. 흔히 사람들은 이를 '알고리즘'이라고 표현하며, 이는 단순히 인스타그램이 자기 자신에게 흥미가 있는 영상을 제공하기 위해 개발되었다고 생각한다. 이 또한 맞는 말이지만, 인스타그램이 어떻게 우리에게 광고를 전달하는지 눈여겨본다면 알고리즘은 흥미로운 영상보다는 광고에 더더욱 자극적으로 맞추어져 있다는 것을 느낄 수 있다. 평소처럼 릴스를 보다가 광고가 뜨면 바로 넘기는 것을 반복해 보자. 몇 분 반복하다 보면 어떤 정해진 범위 내에서 다양한 광고가 뜨게 된다. 그러다 또 광고가 뜨면, 이번에는 지속적으로 그 광고를 시청해 보자. 댓글도 열어 보고, 스크롤도 해 보며, 광고의 링크도 클릭해 보자. 그런 다음 인스타그램으로 돌아와 다시 평범하게 릴스를 보는 시늉을 해 보자. 아까 지속적으로 보았던 광고가 과할 정도로 더욱 많이 보이게 될 것이다.

인스타그램의 알고리즘은 우리의 상상을 초월한다. 우리가 어떤 동영상을 몇 초간 보는지, 영상을 보며 어떤 상호작용을 했는지 등의 얻을 수 있는 모든 데이터를 매초 수집한다. 브라우저에서는 우리가 사용하고 있는 웹이 서버에 어떤 데이터를 전송하는지를 확인할 수 있는 창이 존재하는데, 그 창을 켜 두고 인스타그램 게시물을 스크롤 하면 정말 미세한 스크롤에도 수십 개의 데이터가 서버로 전송되는 걸 볼 수 있다. 쉽게 확인할 수 있는 정보들만 보아도 셀 수 없을 정도로 많은 데이터가 수집되는 것을 확인할 수 있다면, 전체적으로 이들이 우리의 정보를 수집하는 데이터의 양은 도대체 얼마나 될 것이며, 과연 이를 기반으로 그들은 우리의 삶을 얼마나 정확하게 꿰뚫고 있을까. 어쩌면 릴스를 보고 있는 우리가 어떤 릴스를 넘기고 무엇을 클릭할지조차 예측할 수 있을지도 모른다. 누구보다도 개인정보를 중요시하는 요즘 우리의 개인정보는 얼마나 쉽게 추적되고 있는 것일까.

단순히 인스타그램이 나에게 영상을 더 보게 하고 내가 어떤 활동을 하는지를 수집하는 것이 왜 문제가 되는지 의문이 들 수 있다. 문제는 이들이 우리의 시간을 뺏기 위해 더욱 자극적인 콘텐츠를 제공한다는 것이다. 인스타그램이 출시된 2010년부터 청소년들의 자해와 자살률이 급격히 증가했다. 페이스북상에서 퍼진 증오 메시지로 불이 붙어 2017년에는 미얀마에서 학살 사태가 발생했다. 최근 미국의 SNS에는 민주당과 공화당이 관련된 온갖 콘텐츠들이 늘어나며 갈등이 빚어지고 있다. 일본에서는 세대 간의 갈등이 퍼져 노인들을 대상으로 범행을 대행할 사람들을 모으는 게시글이 SNS에 올라오고, 범행 또한 실제로 이루어지고 있다. 대한민국에서는 SNS를 중심으로 서로의 성별을 혐오하는 젠더 이슈가 점점 심화하여 비하를 목적으로 만들어진 인터넷상 단어들로 서로를 비난한다. SNS로 인해 발생하는 갈등으로 우리가 구성하고 있는 사회가 점점 무너지기 시작하고 있다.

그렇기에 사람들이 매일 사용하는 SNS에 대해 경각심을 가질 필요가 있다. 한창 SNS가 막 유행하기 시작했을 때는 SNS 중독과 같은 뉴스 기사들이 종종 보이곤 했으나 요즘에는 그런 기사들을 찾아보기란 어렵다. SNS는 개개인의 입장에서는 우리의 시간을 1초라도 뺏어 건강한 삶을 망가뜨리려고 발악하며, 집단적으로는 더욱 자극적인 콘텐츠를 소비하게 만들어 사회적인 갈등을 빚게 한다. 우리는 삶에서 SNS를 도구로써 사용해야 한다. 선풍기가 처음 발명되어 사람들에게 알려졌을 때 아무도 선풍기로 인해 우리의 삶이 망가지고 있다고 이야기하지 않았다. 글을 쓰고 나서의 펜은 다시 글을 쓸 때까지 그 자리에서 계속 가만히 기다린다. 도구는 우리가 그들을 사용할 때까지 기다릴 뿐, 이를 사용하도록 우리를 부르지 않는다. 우리의 인생에서 SNS가 도구로 사용되고 있는가, 아니면 우리가 인스타그램의 '고객'을 위한 도구로 사용되고 있는가. SNS에서 발생하는 사회적인 문제의 본질에 직면하려면 그들이 우리를 어떻게 이용하고 있는지부터 알아야 한다. 매트릭스 안에 갇혀 있는 것조차 인지하지 못하고 있다면, 우리는 평생 매트릭스 밖을 빠져나가지 못할 것이다.

돈만큼 중요한, 어쩌면 돈보다 중요한

돈을 신 모시듯 하면 악마처럼 그대를 괴롭힐 것이다.

― 헨리 필딩

요즘 '돈'이라는 주제를 바라보는 나의 시선은 조금 먼 곳에 존재한다. 젊을 때 미친 듯이 일해서 결혼하기 전에 집 한 채 정도는 사야 한다는 생각, 세상의 모든 이치는 돈이고 돈을 많이 벌어야만 성공하고 행복한 삶이라는 생각과는 정반대의 생각을 가지고 있다. 젊을 때의 시간을 팔아 가면서까지 부를 쌓아 올려야만 할까, 지금 나에게 '돈'이란 하고 싶은 일을 이룰 수 있게 도와주는 하나의 수단이라고 느낀다. 친한 친구들과 이야기를 나누다 돈과 관련된 이야기가 나올 때면 "돈이 그렇게 중요한가?"라는 질문을 꼭 던지는데, 그럴 때마다 철없는 소리 하지 말라는 이야기가 답변으로 돌아오곤 한다.

어쩌면 정말 돈의 필요성을 절실히 느끼지 않고 있어서 이런 생각을 하고 있는 것은 아닐지. 내가 만약 어마어마한 돈을 벌고 있다면, 또는 가난에 허덕여 하루 벌어 하루를 먹고 살기 힘든 상황이라면 "돈이 그렇게 중요한가?"와 같은 이야기를 감히 할 수 없을 것이다. 그렇다면 많지도 적지도 않은, 만족할 수 있는 선의 안정감을 손에 쥔 채로 그동안 정말 배부른 소리를 하고 있던 것은 아닐까. 하루 벌어 하루 먹고 살아가는 사람들 앞에서 돈이 중요하지 않다고 이야기할 수 있을까. 어쩌면 돈 또한 삶에서 존재하는 여유 때문에 벌 수 있는 것 정도로밖에 보이지 않았던 것은 아닌지 생각해 본다.

여러 사람과 이야기해 보고, 돈과 관련된 여러 책을 읽다 보니 '돈은 중요하지 않다.'라는 생각이 조금씩 바뀌고 있다. 당장 어떤 옷을 입고, 어떤 음식을 먹을 것이며, 어떤 곳에서 잠을 청할지를 정하는 일이 모두 돈이 드는 사회에서 돈이 중요하지 않다는 생각은 다시 생각해 볼 필요가 있다. 그런데 나는 여전히 돈만큼 중요한 다른 것도 존재한다고 믿는다. 그중 하나를 이야기하자면 여유가 아닐까 싶다.

여유는 정말 많은 방면에서 언급되지만, 돈과 엮어 보자면 돈 쓸 시간이 있어야 한다는 말이 제일 제격일 것이다. 돈을 많이 번다고 하더라도 잠을 자는 시간을 제외한 모든 시간을 돈벌

이에 사용한다면, 정작 돈이 중요한 이유가 사라지게 된다. 그렇기에 삶에서 여유를 가지는 것이 돈만큼 중요한 일이 아닐까. 일을 하고 집으로 돌아와 하고 싶은 일을 하며 즐겁게 보낼 수 있는 시간, 주말에 사랑하는 사람과 만나 함께 시간을 보낼 수 있는 여유가 존재함으로 비로소 돈이 중요한 이유가 성립된다. 어쩌면 누군가에게는 삶을 있는 그대로 사랑할 수 있는 여유만이, 끝없는 불만족의 굴레로 빠져들지 않고 돈의 중요도를 낮춰 줄 수 있는 장치가 될지도 모른다.

나 또한 생각만 해 오던 하고 싶은 일들을 하나씩 해 나가다 보면 이런 것들도 결국엔 여유가 있어서 할 수 있는 일이 아닌가 싶다. 처음에는 왜 예전에는 하지 않았을까, 왜 이제 와서 했을까 싶다가도, 혼자 묵상해 보고 주변인들과 여러 대화도 나누다 보면 그땐 지금 같은 여유랄 게 내게 존재하지 못했던 것 같다. 지금 내 생각을 글로 표현하며 내 삶을 성찰하고 찾아간다고 느끼는 것이, 내가 평소에는 의식하지 못하고 있는 '여유'란 것이 내 삶을 받쳐 주고 있어 가능한 일일지도 모른다. 몇 달 전의 내가 바보라서가 아니다. 오히려 지금과 몇 달 전을 비교한다면 큰 차이가 있는 것도 아니다. 그저 매일 똑같은 하루에서 여유를 찾음으로, 평소에 상상만 해 오던 무언가를 비로소 할 수 있게 되었다는 느낌을 받았다는 점이 클지도 모르겠다.

이처럼 돈을 중요시하는 시선에서 멀리 떨어지려 하는 이유
는, 돈과 관련 없는 여유로운 마음가짐으로부터 오는 행복을 느
낀 경험이 있기 때문이라고 생각한다. 그렇기에 계속해서 돈보
다 중요한 것은 무엇이 있을지 생각하고 고민하게 된다. 돈 말
고 무엇을 갖고 있는지에 대한 의문은 열아홉과 스물, 그사이에
걸쳐 방황하는 이유 중 하나의 큰 주제로 다가온다. 그렇기에
더욱더 돈 이외에는 어떤 중요한 것들이 있는지 찾아보려 한다.
또한 아직 답을 찾기 위해 방황하고 있기에 누군가에게 돈에 대
해 이야기하는 일도 항상 조심한다. 사실 첫 글을 쓸 때부터 돈
이라는 주제로 글을 써 보고 싶었으나 계속해서 생각해 보다 조
심스레 돈에 대해 써 본다. 어쨌거나 아직 나의 가치관에 있어
돈과 중요성은 잘 정리가 된 주제들은 아니지만, 분명히 인생에
서 돈만큼 중요한, 어쩌면 돈보다 중요한 무언가가 있을 것이라
믿는다. 그것이 예나 지금이나 나날을 의미 있게 살아갈 수 있
는 이치이고, 삶에 대한 수없는 물음표를 던질 수 있게 한다.

일을 하고 집으로 돌아와 하고 싶은 일을 하며 즐겁게 보낼 수 있는 시간,
주말에 사랑하는 사람과 만나 함께 시간을 보낼 수 있는 여유가 존재함으로
비로소 돈이 중요한 이유가 성립된다.

죽음을 고민하는 일에 대해서

사람은 무엇인가 좋은 일을 할 수 있는 동안에는 자살 등을 생각해
서는 안 된다. 좋은 일을 함으로써 삶의 보람을 찾아야 한다.

– 베토벤

몇 달 전, 오랜만에 같은 학교의 친구를 만나 저녁을 같이 먹
은 적이 있다. 만나자마자 반가운 마음에 요즘은 잘 지내고 있
는지, 최근에는 힘든 일 없었는지 같은 안부를 묻다가, 여러 말
이 오가던 중 문득 미래에 어떻게 살고 싶은지에 관한 주제로
이야기가 흘렀다. 다소 충격적이었던 것은 그 친구가 스무 살이
되고 몇 년 정도 살다가 안락사하고 싶다는 이야기를 해 주었던
것이다. 그런데 말하는 어투나 이야기들을 들어 보면 단지 삶이
너무 힘들고 우울해서 안락사를 선택하고 싶다는 느낌보단, 철
학적인 고민 끝에 안락사를 하고 싶다고 말하려는 느낌이 더욱
강하게 다가왔다. 왜 그런 선택을 했을까. 과연 정상적인 접근

방법일까.

    사실 이야기를 듣자마자 고민 없이 물어봤던 건 "언제쯤 안락사할 생각인데?"였다. 친구가 우울감에 빠져 이를 끝내기 위해서라기보다 안락사를 자신의 가치관이자 철학으로 삼았다면, 내 전에 이미 그를 만난 수많은 사람들도 똑같은 이야기를 들었을 것이다. 그리고 그들은 내 생각과 똑같이 모두 묻지도 따지지도 않고 그러면 안 된다는 이야기를 전했으리라 생각했다. 그래서 당장 내가 이야기를 듣자마자 "안 돼!"라고 이야기한다면 죽음을 하나의 철학이라고 여기는 그의 마음을 움직이지 못할 것만 같았다. 그렇기에 그 생각을 하게 된 계기에 다가가기 위해 언제쯤 죽고 싶은지, 어떻게 죽고 싶은지, 뭘 하고 죽고 싶은지를 물으며 이야기를 차분하게 이어 가는 것을 선택했다.

    모든 사람이 죽고 싶다고 느끼는 이유는 다양할지라도 근본적인 이유는 간단할 것이다. 삶이 매일 행복으로 가득 차 있다면 죽고 싶어 하지는 않을 것이다. 이야기를 들어 보니 그는 인생에서 재밌게 즐길 만한 요소가 없었다. 무언가에 열광하는 취미도 없었고 어딘가로 여행을 떠나 본 적도 없으며, 그저 계속해 오던 공부 외에는 그가 할 일이 없었다. 그래서 매일 반복되

며칠 후 서울로 올라가 남은 날들을 견뎌 낼 수 있었다. 시간이 지난 후 점점 친구들도 서울로 올라오기 시작하고, 직장이라는 공동체에 소속되기 시작하면서 다시 타인들과 연결되자 우울감은 말끔히 사라졌다.

이로써 나는 당연하다시피 여겨져 의식하지 못하고 있던 연결의 부재에 대한 중요성을 느낀다. 노인들의 고독사가 증가하는 이유는 타자와의 연결이 단절되었기 때문일 것이다. 청년들의 자살률이 증가하는 이유는 자신이 겪는 스트레스를 터놓고 이야기할 수 있는 연결될 수 있는 타자가 존재하지 않았기 때문일 것이다. 중고등학생들이 자해를 시작하는 이유는 그들에게 지지와 보살핌이라는 연결을 제공받을 수 있는 가족이 되어 주지 못했기 때문일 것이다. 세상에 널려 있는 수많은 우울함은 다양한 연결의 부재로 생겨난다. 매년 연결의 부재로 인해 수많은 귀하고 소중한 생명들이 스스로 목숨을 끊는다. 연결의 단절은 글을 쓰는, 혹은 누군가가 글을 읽고 있는 지금조차도 계속해서 삶의 의미를 앗아 가고 있다.

이전의 나는 연결의 부재를 해결하는 방법을 운 좋게 찾았기에 다시 삶을 이어 갈 수 있었으나, 이를 찾지 못하거나 혹은 그럴 수 없는 상황에 놓인 하나하나의 생명들은 오늘도 삶의 의미를 점점 잃어 간다. 이 글을 쓰면서 내 주변에는 연결이 단절되어 도움을 외치는 생명들이 없는지를 여러 번 멈추어 생각했던 것 같다. 혹시나 도움이 필요한 사람이 있는지, 있으나 연결과 단절되어 아무도 살려 달라는 부르짖음을 듣지 못하고 있는 것은 아닌지 생각하고 또 생각했다. 처음엔 가벼운 마음으로 글쓰기를 시작했으나 내려갈수록 한 자 한 자를 곰곰이 생각하며 쓰게 된다. 어쩌면 지금까지 쓴 글 중 가장 오랜 시간이 걸렸던 글이 될 것이다.

나는 앞으로도 우리 곁에서 연결의 단절로 서서히 죽어 가고 있는 사람들에게 연결이 되어 줄 것이다. 그러한 신호가 직접적으로 보이는 것은 드물 것이기에 만나는 모든 사람에게 인사와 가벼운 안부를, 어이없더라도 웃을 수 있는 가벼운 장난을 침으로 그 사람과 연결될 것이다. 좋은 아침이라는 한마디를 건넴으로, 조금은 내가 가벼워 보일지라도 소소한 웃음을 전달함으로 짧게나마도 그 하루를 살아가는 이유를 찾게 해 줄 것이다. 사소한 행동들로 하나라도 더 소중한 생명을 살리는 일에 보탬이 될 수 있음을 믿는다.

정리하는 시간

나의 하루를 영원히 기억하기로 했다

생각들을 되짚어 보며 제 하루들을 기억하는 일들에 대해 다루었습니다.

글을 쓰는 것으로 보잘했던 삶을 정리하고, 부족한 것들을 채워 넣고,

남자는 것들을 빠리에 담은 이야기들입니다.

삶을 정리하는 시간

정리란 모든 것의 근본이다.

– 에드먼드 버크

처음 글을 쓰기 시작하고부터는 매일 삶을 정리하는 데 많은 시간을 사용했다. 날마다 스쳐 가는 생각들을 하나씩 정리해 보며 생각하고 또 생각했다. 마음속에서 들고 있어서는 안 될 짐을 버리고, 필요한 것들을 가져오고, 있던 것들을 차곡차곡 정리했다. 글쓰기는 복잡하게 쌓여 있던 삶을 정리하는 일인 것이다. 글을 쓰면서 묵상하는 일, 다른 작가들의 여러 수필을 꾸준히 읽어 보는 일을 번갈아 가며 정리하는 데 몰두했다. 어쩌면 이때까지 모른 채 쌓아 둔 의문들이 너무나도 많았기에, 앞으로 어떻게 살아가야 할지 정하려면 가지고 있던 생각들을 정리하는 시간이 필요했다. 글을 써 온 나날은 삶에서 잊지 못할 인상 깊은 하루들이었다. 하얀 종이 안에서 수많은 것들을 시도해 보고, 수많은 순간을 마주했던 시간이었다.

　대표적으로 삶을 정리할 거리가 있다면, 하나는 종교와의 매듭이다. 어렸을 때부터 부모님과 함께 다녔던 교회가 있었는데, 어릴 때는 교회에서 만나는 사람들과 그들이 이야기하는 성경, 하느님을 정말 좋아했다. 오죽하면 열두 살쯤 되었을 때 성경을 처음부터 끝까지 세 번이나 통독할 정도였으니까 말이다. 그러나 고등학생이 된 이후로는 점점 교회와 멀어지기 시작했다. 삶에 풀기 어려운 질문들이 가득해 지면서, 정확히는 교회를 다니는 일을 잠시 미뤄 두었다. 물론 교회에서는 하느님을 믿는 것이 곧 진리이자 행복한 삶이라고 이야기해 주었지만, 어렸던 탓일까, 그때의 나에게 당장 와닿는 이야기는 아니었다. 단지 누군가를 사랑하는 것만으로 인생이 행복해진다는 말은 믿기 어려웠다. 계속해서 삶을 살아가는 이유와 무엇이 나를 행복하게 해 주는지는 내 삶을 살아가는 내가 직접 찾아내야 한다고 생각했다. 삶의 진리를 찾아가는 혼자만의 단계와 혼자만의 시간, 셀 수 없이 많은 도전과 시행착오가 필요했다.

　몇 달 전, 교회에서 나를 가장 잘 챙겨 주던 형에게 잘 지내냐는 문자를 받았다. 교회를 가지 않은 지 몇 년이 지난 나는 문자에 쉽게 답장할 수가 없었다. 그러나 오늘, 처음으로 잘 지내고 있다는 답장을 보냈다. 안부를 묻다가 교회 이야기가 나오자 더 생각해 보아야 할 문제 같아서 잠시 미루어 두고 싶다고 답했다. 술과 담배, 돈과 같은 물질적인 삶을 사랑해서가 아니라, 내가 직접 살아가는 이유를 찾고 싶다고. 직접 방황해 보아야만 비로소 알 것 같다고. 종교 또한 삶에서 고민해 볼 여러 문제 중 하나로 다가온다고 말이다. 그럼에도 형은 나를 이해해 주며 언제나 생각이 있으면 돌아오라는 말과 함께 따뜻한 안부를 건넸다. 시원섭섭한 마음이 남아 있지만 정리할 수 있었다. 당장 방황하고 싶은 요소들에 더욱 몰두하기 위해서 마음속에 가지고 있던 짐을 정리한 것이다.

또 정리했던 것 중 하나는 돈과 관련된 나의 시각이었다. 학교에 다닐 때는 무조건 높은 연봉을 받는 회사, 일을 많이 시켜도 돈을 많이 주는 회사에 다니는 것이 최고라고 생각하며 취업을 준비했다. 취업하고서 퇴근 후에는 남는 시간에 계속해서 외주를 받아 돈을 벌어야겠다고 생각했고, 이런 목표들을 토대로 몇 살 안에 얼마 모으기와 같은 단기 목표를 잡았다. 돈이 곧 내 인생의 주체가 되었고, 무조건 돈이 많아야 행복한 삶이라고 생각했다. '경제적 자유'라는 단어를 누구보다도 간절히 갈망했다. 인생의 목표는 돈을 버는 것이었으며, SNS 안에서 이야기하는 많은 사람들의 말마따나 돈이 많은 게 성공한 인생이라고 생각했다.

하지만 최근에는 생각이 많이 바뀌게 되었다. 돈은 삶에서 중요한 것 중 하나이지만, 돈만큼, 어쩌면 돈보다 중요한 삶을 이루는 게 무엇인지를 알게 될 수 있었다. 나는 돈보다 더 중요한 것은 성공하는 것에 있지 않을까 생각했다. 그리고 성공은 비로소 자신이 하고 싶은 일을 하며 살아가는 인생이라고 이야기할 수 있었다. 자신의 기준에 하고 싶었던 일을 하며 살아가면 된다. 누군가에게는 그게 떼돈을 버는 일일 수 있고, 누군가는 제 목소리를 담은 음악을 세상에 알리는 일, 누군가는 일상적인 하루를 사랑하는 일일 수 있는 것이다. 여태까지의 나를 돌아보았을 땐, 삶에서 돈이 목표라고 하기에는 다른 하고 싶은 일이 있었다. 그런데 돈을 목표로 잡고 꽤 오랜 시간을 살아왔다. 그러나 이제는 돈이 세상의 모든 이치가 아니라는 것을 안다. 그렇다면 나는 이제 어떤 목표를 잡고 살아야 하는가.

어쩌면 처음 글을 쓰게 된 계기가 목표로 잡고 있던 돈에 대한 개념이 깨지면서 삶의 목표를 재정의해야 했기 때문은 아닐까 생각해 본다. 새로운 목표를 세우기 위해 가지고 있던 생각을 다시 정리하고, 글을 통해 표현해 보기도 하고, 다른 글을 읽기도 하며 생각해 본다. 많은 사람과 대화해 보며, 재미있고 가벼운 이야기나 농담도 하고, 때론 깊은 주제에 관해서도 다루어 본다. 그렇게 당장 삶을 정리하며 내가 세운 목표는 '삶을 정리하는 것'이 되었다. 지금 이 순간의 나를 책으로 출판하고 싶다는 말은 어쩌면 지금의 삶을 정리하는 일에도 가까울 것이다. 나에게 글쓰기는 매일 느끼는 것들에 대한 생각을 정리하는 그런 일이다. 그렇기에 정리하는 데 많은 시간을 쏟기로 했고, 정리하는 것 자체에 대해 의의를 두는 것을 목표로 잡았다.

  담아 두고 싶은 순간의 나를 담은 이야기가 끝날 때까지는, 삶을 정리하는 데 많은 시간을 바치리라 믿는다. 나는 지금의 글쓰기가 앞으로 내 인생의 몇십 년이 바라보는 방향을 잡아 줄 것이라고 믿는다. 그렇기에 남들이 사서 고생한다고 생각하는 일일지라도 나는 삶을 정리하기 위해 계속 글을 써 내려갈 것이다. 계속해서 글을 통해 삶을 정리하는 일은, 삶의 가치를 찾기 위해 방황하는 일에 더욱 몰두할 수 있도록 도와줄 것이다. 더욱 삶을 찾아가는 방황에 집중하기 위해서 할 수 있는 것들을 한다. 그것이 삶에 대한 생각을 정리하는 일이고, 그 방법은 곧 글을 쓰는 것이다.

정신 건강도 '건강'이다

강한 신체는 정신을 강하게 만든다.

– 토머스 제퍼슨

자취를 시작하고 나서부터 체력은 국력이라는 말에 공감했다. 휴대폰을 보거나 좋아하는 드라마를 몰아 보느라 늦게 잠을 잔 다음 날은 체력이 부족함을 온몸으로 느낀다. 퇴근하고 나면 곧바로 헬스장으로 가서 한 시간 정도 운동을 하고 집으로 간다. 도착하면 내일 점심으로 먹을 도시락을 요리한다. 요리가 끝나면 책을 펴서 하고 있던 공부를 하고 내용을 정리한다. 가끔은 행사의 발표나 지인들과 진행하는 프로젝트에 대한 일이 생길 때도 있는데, 공부를 끝마치고 일이 있을 때면 PPT도 만들어 보고, 남은 일도 조금 해 본다. 끝나고 나서는 몇 시간 동안 앉아 오늘 하루에 대한 글을 쓰기 시작한다. 이런 하루의 미션들을 모두 끝내고 나서 시계를 보면 항상 새벽 한 시가 훌쩍 넘어 있다. 평소에 계속 늦게 잠을 자다 보니 금요일이 되면 다음 날 오후까지 잠을 몰아서 자는 하루를 반복하곤 한다.

체력은 활동에 큰 영향을 미친다. 체력은 하루의 컨디션뿐만 아니라 장기적인 건강까지 다다라 사람의 전반적인 인생에도 영향을 준다. 그런데 요즘 정신 건강도 체력과 관련이 있다고 믿기 시작했다. 인터넷에서 어떤 글을 본 적이 있는데, 만약 화가 난다면 세 가지 자문을 해 보라는 글이었다. 그중 하나는 "나는 지금 피곤한가?"였다. 나는 보통 화가 나거나 짜증이 날 때 대부분 그 질문에 그렇다고 답할 수 있었다. 피곤한지를 자문해 보는 것은 꽤 도움이 되는데, 화가 나는 원인을 알기 때문에 해결 방법도 빠르게 알 수 있기 때문이다. 그저 지금 내가 예민한 상태임을 인정하고, 집에 들어가 휴식을 취하기 전까지 평소보다 조심하며 시간을 보내자는 생각을 하면 화가 수그러든다. 물론 피곤해서 화가 나진 않지만 화를 내지 않아도 되는 상황에서 분노가 치밀어 오르는 주된 원인은 대부분 '피곤함'이었다. 그렇기에 자문을 해 볼 때마다 "나는 지금 피곤한가?"에 동그라미를 치고 끝나 버려서 나머지 두 질문은 정확히 기억도 나지 않는다. 확실한 건 피곤한 것, 즉 체력이 내 기분이나 감정에도 큰 영향을 준다는 것이다. 정신 건강 또한 몸의 건강과 밀접한 관련이 있다고 서서히 느끼기 시작했다.

육체적인 피로로 정신까지 예민해지던 날들을 생각해 보고 서는 정신 건강을 챙기기 위해 건강한 삶도 함께 염두에 두고 살아 보고 있다. 할 일들에 밀려 항상 늦게 잠을 잔다면, 그저 조금 빨리 일어나 시간을 앞당기는 것으로 생활 습관을 바꿔 본 다. 그러고 나면 아침에 일어날 때도 나와의 긴 싸움을 하지 않 고 상쾌하게 일어날 수 있다. 또 회사에서도 더욱 맑은 정신 상 태로 일할 수 있게 된다. 그에 더불어 정신 건강도 챙기기 위해 노력한다. 마음을 편안하게 해 주는 습관이나 루틴이 있으면 평 소에 기분이 오락가락하는 일은 어느 정도 막을 수 있다. 나는 예전에는 출퇴근 시간에 지하철에서 멍을 때리거나 휴대폰을 보았다면 요즘은 책을 읽는 데 시간을 사용한다. 그리고 지하철 을 타지 않고 걸을 때에는 이어폰으로 좋아하는 노래를 듣는다. 그러자 그저 이동하는 시간으로밖에 보이지 않던 아까운 시간 이 어느새 나를 기분 좋게 해 주는 원동력이 되는 시간이 됐다. 그러고 나서 지하철에서 내려 목적지에 도착하면 그만큼 가볍 고 상쾌한 발걸음이 또 없다.

정신 건강을 챙기기 이전에 건강을 먼저 챙겨야 한다. 원하 는 일을 할 수 있는 든든한 체력은 자동차의 엔진이 되고, 정신 건강은 엔진 위에 얹어지는 날렵한 차체와도 같다. 최근 정신적으로 힘들어하고 있다면 먼저 나 자신이 피곤해하고 있는 것은 아닌지 자문해 보자. 어떤 해결하기 어려운 문제나 계속 신경 써야 하는 문제가 생긴다면 잠깐 휴식을 취하고 난 후 다시 생각해 보자. 슬픔을 잊기 위해 알코올이나 담배에 의존하며 스스로 몸을 망치고 정신을 놓는 것들은 좋은 해결 방법이 되지 않을 것이다. 잠깐 슬픔을 잊게 해 줄 뿐 근본적인 해결책을 제시해 주지 않으며 몸도 더 피로하게 한다.

가장 합리적이고 현명한 해결 방법은 무엇보다도 맑은 정신에서 나온다. 그리고 맑은 정신을 유지하기 위해서는 꼭 몸의 건강이 필요하다는 사실을 잊지 말아야 한다. 가장 풀기 어려워 보이는 문제는 가장 원초적인 것으로부터 해결되기 시작한다.

피로를 이겨 낼 수 있는 것

지금이야말로 일할 때다. 지금이야말로 싸울 때다. 지금이야말로
나를 더 훌륭한 사람으로 만들 때다. 오늘 그것을 못 하면 내일 그
것을 할 수 있는가?

– 토마스 아 켐피스

나는 고등학교 때부터 피로라는 감정과 수없이 싸워 왔다.
정확히 말하면 피로는 몸이 보내는 신호 중 하나일 테지만, 여
태까지 시간이 필요한 상황에서 찾아오는 피로는 하나의 견뎌
야 하는 감정으로 여겨지곤 했다. 피로는 여러 형태로 우리의
삶에 다가온다. 휴식을 시작하는 신호가 될 때도 있으며, 때로
는 부정적인 감정을 증폭시키는 촉매가 되기도 한다.
　최근 몇 년 동안 피로는 가장 크게 견뎌 내야 하는 것이었다.
매일 목표를 이루기 위해 늦은 밤까지 피로와 맞서 싸우는 삶을
살았고, 이 싸움에서 승리해 목표를 성취할 때마다 큰 만족감을

느꼈다. 시험 기간이나 프로젝트 마감 시기 등 중요한 순간마다 나는 피로와의 싸움을 해 나가야 했다. 이상한 건 처음 고등학교를 입학한 1학년 때는 피로에게 진 적이 거의 없었지만, 학년이 올라갈수록 점점 더 자주 지게 되었다는 것이다. 결국 어느 순간부터는 더 이상 밤을 새워 시간을 보내는 것 자체를 포기하게 되기도 했다.

피로에 대한 이야기를 친구들에게 털어놓을 때마다 친구들은 계속해서 피로가 누적된 것이라고 말하곤 했다. 나도 처음에는 그렇게 생각했지만 그렇게 보기 어려운 부분이 있었다. 학년이 올라갈수록 나는 더욱 운동의 중요성을 느껴 매일 열심히 운동을 나갔고, 실제로도 체력 측정 기록들을 비교해 보면 체력이 좋아졌다는 걸 알 수 있었다. 그렇기에 피로에게 계속해서 지는 이유가 단순한 체력 문제는 아니라고 확신했다.

답은 생각보다 단순할지도 모른다. 피로에게 지는 이유는 목표를 대하는 열정과 간절함의 차이에 있다고 생각한다. 처음에는 내가 가진 것이 아무것도 없었기에, 무엇이든 내 것으로 만들기 위해 온 힘을 쏟았다. 무엇이든 더 얻고 하나라도 더 배우기 위해 노력했다. 시간이 지나 어느 정도 성과를 이루고 나서야 간절함이 자리했던 곳에 여유로움이 찾아왔다. 그 여유로움이 나를 편안하게 만들었고, 더 이상 피로와 싸우지 않아도 원하는 것을 얻을 수 있을 것 같은 착각을 불러일으켰다. 그래서 더는 피로와 싸워야 할 필요성을 느끼지 못하게 된 것이 아닐까 싶다.

지금은 나 자신이 언제 피로를 견뎌 내고 언제 견뎌 낼 수 없는지 명확히 구분할 수 있다. 삶에서 어느 정도 여유가 생긴 것들, 간절하게 추구하지 않아도 이룰 수 있는 것들, 열정이 식어 버려 그저 정이 되어 버린 것들에게는 항상 피로를 견뎌 내지 못한다. 그러나 반대로 새롭게 알게 되어 열정이 불타는 것들, 간절하게 추구해야만 겨우 닿을 수 있는 것들에 대해서는 매번 피로를 견뎌 낸다.

지금의 나에게 글쓰기도 피로와 싸워 이겨 내야 할 중요한 과제다. 글쓰기는 나에게 새로운 도전이자 간절하게 추구해야만 이루어 낼 수 있을 것 같은 그런 존재다. 오늘도 다시금 다짐하며 나의 피로를 이겨 낼 것이다. 진정으로 내가 간절히 원하는 목표를 나는 결코 포기하지 않을 것이다. 이 목표가 나의 삶에 스며들어 정이 되는 그 순간까지 내가 해야 할 일을 계속할 것이다.

매번 어색하게 다가오는 순간의 나

인생은 과거가 아니면 이해할 수 없지만 전향적이 아니면 살아갈
수 없다.

– 키에르 케고르

책을 읽다가 인상 깊은 페이지를 찾으면 해당 페이지의 끝 모
서리를 접어 두는 습관이 생겼다. 내가 고민하던 내용에 대해
현명하고 확실한 제안을 해 주거나, 마음을 따뜻하게 해 주는
문장들의 모음, 아름답고 참신한 표현이 담긴 내용이 있는 장을
만날 때면 기꺼이 책 끝을 접는다. 그러나 조금 이상한 점은, 후
에 책을 읽으면서 인상 깊었다고 느낀 페이지의 내용을 다시 읽
고 싶어 책 끝을 찾아 읽을 때면 처음의 느낌을 받지 못한다는
점이었다. 당장 몇십 분 전에 접은 페이지의 내용이라 하더라
도, 다시 내용을 읽었을 때는 끝을 접으며 느꼈던 표현하기 어
려운 감정의 응어리를 찾기가 어렵다. 같은 '나'라는 존재가 똑

같은 구절과 내용을 읽음에도 순간마다 다르게 반응한다는 사실이 이상했다. 어쩌면 순간순간의 나는 각각 다른 존재로 살아 숨 쉬고 있는 것은 아닐까, 그런 연속되는 무언가의 초마다 반복되는 수많은 내가 마치 플립북처럼 뭉쳐 한 사람으로 불리는 내가 되는 것은 아닐까.

어릴 때부터도 짧은 시간 내에 순간의 시각이 바뀐 경험은 많았다. 특히 그림을 그리거나, 노래를 작곡해 보거나, 글을 쓰는 등, 무언가를 창작하는 면에 있어 여러 시선으로 창작물을 해석할 수 있는 존재들이 더더욱 그랬다. 요즘 글을 쓰면서도 많이 느낀다. 어떤 날은 한 편의 글을 다 쓰고 나면 글이 만족스럽지 않아 다시 여러 번 읽어 보며 퇴고하고, 글을 쓰고서 노트북을 닫기 전까지도 계속 언짢은 표정을 짓곤 한다. 그런데 다음 날 다시 그 글을 읽어 보았을 때는 도리어 만족스럽게 느껴지고 내 마음에 깊이 와닿는 경우가 적지 않다. 반대로 정말 쓰고 난 후 아무런 미련이 남지 않는 만족스러운 글을 쓰고서도, 시간이 지난 후 그 글을 읽어 보면 마음에 들지 않는 경우 또한 많다. 심지어 이런 경우들이 시간이 지나고 고정되는 것이 아니라 어느 날에는 만족스럽고, 또 어느 날에는 불만족스러운 불균형의 연속까지 발생하게 된다. 마치 내가 쓴 글을 평가하는 내가 그 순간마다 각각 다른 사람이 된 것처럼 느껴져, 더 이상 혼자서 글에 대한 객관적인 평가를 하기 어려운 지경까지도 오곤 한다.

그런데 어쩌면 정말 나는 순간들의 모임으로 이루어져 하나의 삶이라는 애니메이션을 이루고 있는 것은 아닌지. 한 용사가 모험을 떠나 용을 무찌르고 성에 갇힌 공주를 구하는 애니메이션이 있다. 과연 모험을 떠나는 용사와 용을 무찌르는 용사, 공주를 구하는 용사는 정확히 같은 시선으로 삶을 살아가고 있는 걸까. 예전에 쓰던 글을 바라보는 것처럼 빗대자면, 용과 싸우다 위기에 처한 용사는 모험을 떠나는 자기 자신을 떠올리며 후회할지도 모른다. 그런데 위기를 딛고 공주를 구한 용사의 시점에서 모험을 떠나는 자신을 떠올릴 때는, 해야만 하는 보람찬 일을 한 자신이 너무나도 자랑스럽고 뿌듯할 것이다. 어쩌면 우리 삶에서 내 순간의 연속과 상통하는 이야기가 아닐까. 하나의 현상이라고 이야기하기엔 삶은 너무도 예민해서, 아주 작은 심경 또는 환경의 변화에도 정말 빠르게 시선과 관점이 틀어진다. 그렇기에 단순히 어떤 순간은 '실력이 늘었다.', 어떤 순간은 '예민했다.', '기분이 나빴다.', 또 어떤 순간은 '행복했다.'와 같은 한 문장으로 설명하지 못하는 나의 매 순간들로 인해 내가 나에게 누구보다도 제일 이상하게 다가오는 순간이 종종 존재하지 않나 싶다.

그렇기에 무언가를 바라볼 때 계속 시선이 바뀌어 신경 쓰이는 일이 있다면, 모든 순간의 내가 동일하게 바라보는 한 줄기의 시선에 집중하는 일이 중요하다고 느낀다. 어느 장면에 그려진 용사이든 '공주를 구해야 한다.'라는 시선은 모든 장면의 용사가 똑같이 가지고 있다. 이는 끊임없이 변화하는 시선에 하나의 기준표가 되어 비정상적인 변화의 폭을 줄이고 객관적으로 어떤 순간의 나를 바라보는 데 도움이 된다. 마치 긴 이야기를 정리해 줄 각본처럼, 당장 용사 곁에 있는 것이 아니라 조금 멀리 떨어져서 보아야 보이는 존재일 수도 있다. 글쓰기에서의 각본은 글을 쓰는 이유 즉, 매 순간의 내 시선을 담기 위함과 같은 존재로 다가온다. 존재를 생각하면서 당장 쓴 글이 마음에 들지 않을 때도 글을 쓸 때의 내 시선을 담은 거니까 괜찮다고 생각한다. 부족한 글은 다시 퇴고하면 되는 일이다. 그렇기에 너무 초조해지지 않으려 한다. 당장은 마음에 들지 않더라도 전체적인 각본을 바라보며 나 자신을 다독여 주는 것은, 부정적인 생각이 더욱 깊은 심해로 빨려 들어가 직접적인 영향을 주는 것을 막아 주는 효과가 있다.

그렇기에 어떤 순간에만 보고 느끼는 것이 아닌 매 순간 동일하게 느낄 수 있는 시선을 찾아 집중하는 일이 필요하다. 각각의 시선을 사랑하고 일관적으로 유지하는 데 많은 도움을 주기 때문이다. 매 순간 존재하는 나를 한 인격체로 묶어 나라고 부르는 것뿐, 더 이상 내가 모든 순간에서 똑같은 생각을 하며 살아가는 고정적인 사람이 아닌 것을 안다. 그래서 더욱 한순간의 나를 믿기보다는, 여러 순간의 내가 동일하게 구성하는 공통된 시선에 집중하려고 노력한다. 삶이라는 영화에서 우리는 영화감독의 마음을 가지고 전반적인 시나리오를 생각하면서 그 장면을 바라볼 필요가 있다.

어쩌면 정말 나는 순간들의 모임으로 이루어져
하나의 삶이라는 애니메이션을 이루고 있는 것은 아닌지.

일상의 쳇바퀴를 탈피하는 법

행복은 습관이다, 그것을 몸에 지니라.

- 허버드

아주 어릴 때부터 친하게 지내던 친구 한 명이 있는데, 안부를 물을 때마다 그는 "항상 똑같지, 뭐."라고 말했었다. 언제나 '똑같음'은 그의 인생에서 주된 고민으로 자리 잡는 것 중 하나였다. 중학교 때 한번은 내게 한탄하듯 "인생이 계속 똑같아서 재미가 없어."라는 말을 해 준 적이 있다. 그는 늘 똑같은 시간에 어제 갔던 학교를 가고, 마치면 학원을 갔다 밤늦게 밖이 충분히 어두워졌을 때 집으로 돌아오는 삶을 반복했다. 그는 이런 반복되는 일과에 지루함을 느껴 자주 인생이 지루하다고 생각했을지도 모른다. 사실 대한민국에서 대학 입시를 준비하는 학생들은 이와 비슷한 하루를 매일 버텨 나간다. 그들에게 이런 하루는 매일 똑같아서 내일의 하루가 예상되는 재미없고 지루한 일로 다가올지도 모른다.

그런데 가끔은 우리가 너무 결과에만 의의를 두고 불행한 하루를 살아간다고 느끼는 것은 아닐까 싶다. 이런 반복된다고 느끼는 삶에서는 어제와 오늘, 그리고 내일을 똑같이 보내는 시간이 있을 것이다. 누군가에겐 학교나 학원, 또 누군가에겐 직장일 수도 있고, 그 외에 어떤 시험을 준비하거나 운동을 하는 일일 수도 있다.

그런데 많은 사람을 만나진 못했지만, 반복되는 삶에 지루함을 느끼는 사람들의 공통점은 매일의 시간을 전부 똑같다고 표현한다는 점이다. 그들이 별로 힘들지도 않은데 힘들어한다고 이야기하려는 것이 절대 아니다. 나는 인생이란 무한함의 연속이며, 셀 수 없이 많은 변수들로 이루어져 있다고 믿는다. 그렇기에 단 하나라도 어제와 완벽히 똑같은 일은 존재하지 않는다. 학교에 등교하는 하루의 시간에서도 어제와 오늘의 다른 점은 무수히 많다. 수업의 내용부터 대화의 주제나 먹는 음식 등, 누구와 언제 어디를 가며 무슨 이야기를 했는지 같은 것들은 매일 다르고 새롭다. 계속해서 똑같은 장소에서 동일한 목표를 가지고 시간을 보낼 수는 있을지언정, 그 속에서 꾸며 나가는 여러 과정의 연속은 똑같을 수 없게 된다.

반복되는 삶이 지루하다면, 자기 전에 오늘과 어제의 내가 똑같은 시간에 무엇이 달랐는지를 생각해 보면 어떨까 싶다. 나는 가끔 삶이 반복된다고 느끼면 가볍게라도 나를 웃게 해 주었던 상황이나 주변인들이 건넨 농담을 떠올리려 노력한다. 어제는 이런 것 때문에 웃었고, 오늘은 이런 것 때문에 피식했구나, 생각하다 보면 하루하루가 재미있고 보람차게 느껴진다. 멀리서 바라보았을 땐 똑같은 일상에서도, 내일은 어떤 농담들로 웃을 수 있을까 기대하며 잠들게 된다. 삶을 반복하는 이유는 무언가를 이루어야만 해서, 또는 날마다 의지와 상관없이 자신에게 주어지는 상황들이 있기 때문일지도 모른다. 당장 삶의 궤도를 돌릴 수 없다면, 삶에서 느낀 오늘의 매 순간에 의미를 두는 건 어떨까. 남들이 보기에 큰일이 아니더라도 이런 일들로 웃었고, 이런 일들로 힘들었다고 생각하다 보면 어제와 다른 하루를 보냈음을 느낄 수 있다.

똑같은 풍경이 펼쳐진 긴 터널과도 같은 삶에 지친다는 것은, 어쩌면 과정에서의 나를 인정하지 못해서가 아닐까 싶다. 어떤 사람들은 좋은 대학교에 가기 위해서, 또는 좋은 직장에 취업하기 위해서 반복하는 일들은 목표를 이루어야만 가치가 있다고 생각한다. 그전에는 매번 똑같은 인생을 사는 것이라며 목표에 도달하기 전까지의 인생을 크게 중요하게 보지 않는 것 같다.

오히려 한 사람의 인생을 의미 있게 만들어 가는 주된 요소는 과정의 연속이 아닐까. 좋은 결과를 내는 것도 중요한 일이겠다만, 결과를 내기 위해 꾸준하게 노력하면서 반복되는 삶에 성취를 느낌으로 삶을 한 단계 더 발전시킬 수 있다. 과정들의 연속으로 인해 비로소 습관이 생기고 즐길 수 있는 취미가 생긴다. 매일 몇 시간씩 공부하는 것으로 '공부하는 습관'을 배운다. 그리고 학교에서 친구들과의 담소나 좋아하는 음악을 감상하는 일, 집 주변을 산책하는 일상의 휴식은 취미가 된다. 취미와 습관은 궁극적으로 삶을 어떻게 살아갈 것인지를 안내해 주는 기반이 된다. 그렇기에 삶은 과정의 연속을 통해 형성되는 비중이 더 크다고 느낀다. 그런 과정에서 생기는 즐겁고 행복한 일들 하나하나를 소중하게 여길 수 있다는 게 미래에 나를 더 나은 사람으로 만드는 기반이지 않을까. 더 나아가 우리가 바라보는 목표로 달리면서 지치지 않고 가치를 느낄 수 있는 원동력 또한 되지 않을까 생각한다.

재시작은 언제나 신중해야 한다

절대 어제를 후회하지 마라. 인생은 오늘의 나 안에 있고 내일은 스스로 만드는 것이다.

– L. 론허바드

사람은 태어나고부터 살아가면서 분야를 불문하고 계속해서 수많은 무언가를 창조한다. 나는 전공 특성상 애플리케이션이나 웹 서비스를 개발하는 프로젝트를 진행해 왔다. 그런데 프로젝트를 진행하다 보면 가끔 처음 생각했던 방향성과는 다르게 흘러가거나, 어떤 부분이 심각하게 뒤엉켜 기대에 미치지 못하는 경우가 있었다. 이런 경우 보통 뒤엉킨 부분을 파악해 수정하거나 부족한 부분을 고쳐 다시 프로젝트를 이어 나갈 수 있다. 그러나 나는 진행하던 프로젝트가 마음에 들지 않으면 모든 내용을 삭제하고 재시작하는 일을 자주 선택했다.

"왜?"라는 질문에 한마디로 대답해 보자면 재시작에 대한 기대감이 너무 커서는 아닐까 싶다. 하던 일이 꼬일 때 처음부터 다시 시작하는 사람이 있다면, 어떤 부분이 잘못됐는지 하나하나 확인해 해당 사항을 수정하는 사람도 있기 마련이다. 어떤 것이 더욱 합리적인 방법인지 섣불리 판단할 순 없다. 그러나 나는 대개 무언가를 시작함으로 얻는 힘을 믿는 사람이었다. 시작이 나에게 줄 장점이 현재 프로젝트의 문제점을 해결해 줄 수 있을 거라고 맹신했기에, 꼬일 때는 언제나 자연스럽게 재시작으로 해결할 수 있을 것이라고 생각했다.

다시 시작해야겠다고 마음을 먹으면, 이미 기존에 그렸던 기본적인 요소들은 빠르게 그려 나간 후 중요한 부분부터 신중히 채워 나가야겠다는 생각부터 한다. 차분하게 기존에 진행했던 내용을 삭제한 후 처음부터 다시 시작한다. 눈앞에 새하얗게 빈 캔버스가 보이기 시작한다. 붓을 들어 물감을 묻히고 지웠던 내용을 떠올린다. 그런데 생각했던 것들과는 다르게, 기존에 그렸던 기본적인 요소들을 그리는 데부터 막히기 시작한다. 여러 생각이 머릿속을 스쳐 간다. 구겨 버린 캔버스에서 왜 이만큼이나 많은 그림을 그려 놓았었는지부터, 처음 시작할 때 어떻게 작업을 진행했었는지, 왜 훌륭한 점은 의식하지 않고 우발적으로 그림을 버렸는지, 이 많은 양을 처음부터 다시 시작해야 하는지와 같은 생각들로 채워져 결국엔 과거의 나에게 "왜 지웠었지?"라는 후회 섞인 의문을 제시하기까지 이르게 된다.

우리는 무언가를 구성하는 형태의 단면을 바라보며 부정적인 시선을 가지고 형태 전체를 평가하는 경우가 있다. 사람은 넓은 시야를 가졌음에도 보고 싶은 것만 보고, 듣고 싶은 것만 들으며, 중요하다고 느끼는 것만 기억하는 특성이 있다. 다시 말해 무언가를 의식한 채로 집중해서 관찰할수록 그 무언가만 계속해서 눈에 들어온다. 나 또한 프로젝트가 꼬였다는 생각이 한번 들기 시작하면 프로젝트의 잘못된 부분만 보이기 시작한다. 아쉬운 점들과 부족한 점들만 눈에 보이고, 결론적으로 프로젝트의 전반적인 부분이 꼬여 있다고 느끼게 되어 버린다. 프로젝트를 구성하던 탄탄하고 훌륭한 다른 요소들은 시야에서 사라진다. 마음에 들지 않는 단면만 바라보다가, 끝엔 다시 시작하는 일을 고민하게 되는 것이다.

다시 시작하는 일은 충분한 고민 끝에 결정해야 하는 일이다. 나는 요즘 일이 꼬여 다시 시작하고 싶은 마음이 들 때마다 잠시 일의 전반적인 기록들을 훑어본다. 최대한 전체적인 내용을 포괄적으로 바라보며 판단하려 한다. 냉철하고 이성적으로 판단했음에도 다시 시작하는 것이 합리적인 선택지라면 이에 한해 재시작을 선택한다. 다시 시작하기란 그런 것이다. 여러 고려 사항이 필요한 일이며, 여러 책임이 따르는 일이다. 기존에 했던 일들을 모조리 반복해야 할 수도 있으며, 이전에 존재했던 것들을 다시 시작함으로 전부 잃어버릴 수도 있는 일인 것이다.

무언가가 마음에 들지 않으면, 적절한 자문이나 전반적인 면에서의 객관적인 평가가 필요하다. 혹여나 그런 것들이 어렵게 다가온다면 가장 가까운 타인에게 조언을 구해 보자. 실제로 우리는 어떠한 감정이나 익숙함에 잠식되어 평가하고자 하는 것을 명확하게 평가하지 못할 수 있다. 만약 만들고 있던 무언가가 마음에 들지 않아 다시 시작하고 싶어진다면 타자에게 물어보자. 그의 한마디로 작업의 방향성이 완벽히 바뀔 수도 있다. 최대한 신중하게 멀리서 떨어져 문제를 바라보려고 하자. 원래는 다시 시작해야 했을 일들도 문제가 되는 부분만 찾을 수 있다면 했던 일들을 유지하며 다시 나아갈 수 있을 것이다. 또한 객관적으로 무언가를 바라보는 능력을 가져 이후의 충동에도 훌륭한 판단을 내리는 좋은 기반이 될 것이다.

다시 시작하기란 그런 것이다.
여러 고려 사항이 필요한 일이며, 여러 책임이 따르는 일이다.

잘 풀리지 않는 날의 연속

슬픔이나 좌절이 생겼다 해도, 해지기 전에 반드시 즐겁게 보낼 시
간을 따로 마련하라.

– 얼 나이팅게일

가끔 이상하다고 느낄 정도로 악재가 몰린 날이 종종 찾아오
곤 한다. 그럴 때마다 계속해서 풀리지 않는 일에 스트레스를
받기보다는, "아, 오늘은 안 되는 날인가 보다." 하며 가볍게 오
늘 하루를 넘기려 한다. 내가 무언가를 잘못하거나 누군가가 나
를 싫어해서, 무언가가 부족해서라고 생각하기보다는, 무엇이
든 잘 풀리는 날이 있듯이 오늘은 단지 잘 풀리지 않는 날이라
고 생각하면 한결 편해진다. 그런 생각으로 남은 하루를 보내다
보면 이후의 악재에도 큰 감정을 소모하지 않아도 된다. 하루를
살다 밤이 되어 잠자리에 들고서 다음 날의 아침을 맞이했을 때
다시 똑같은 일상을 반복하면, 어제는 까맣게 잊은 듯이 다시

돌아온 평소의 상쾌한 하루를 시작할 수 있게 된다. 그러다 문득 어제의 일들이 기억나면 조용히 생각한다. "진짜 어제만 잘 안 풀리는 날이었을 뿐이구나."

그런데 가끔 안 풀리는 날들이 연달아 이어지는 경우가 있다. 살다 보면 중요한 약속을 위해 주문한 옷의 배송이 늦어지는 일, 직장에서 일이 잘 풀리지 않아 하루 종일 죄송하다는 말을 입에 달게 되는 일, 외출하고 집에서 나온 후에야 지갑이나 휴대폰을 깜빡했음을 알아차리는 일, 중요한 발표에서 계속해서 말을 더듬는 일과 같이 유쾌하지 않은 일들이 연속적으로 일어나는 경우가 있다. 안 풀리는 날이 하루 정도밖에 되지 않는다면 가볍게 넘기겠지만, 눈을 떠 맞이하는 다음 날도, 그다음 날도 계속해서 불행한 일을 겪는다면 자연스럽게 예민해지기 시작한다. 예민해지게 되면 평소 대화하던 친구의 말이 무례하다고 느껴질 때도 있으며, 신경 쓰지 않던 일들에 스트레스를 받기 시작하며 내 감정이 내 하루를 더욱 안 풀리는 날로 만들기도 한다.

나는 그런 불행의 굴레들에 빠졌다고 느끼면, 일상에 자그마한 변칙을 줌으로 불행에서 도망갈 수 있다고 느낀다. 살아가며 재수 없게 맞물린 불행의 연속을, 톱니바퀴의 방향을 바꿈으로 해결할 수 있다고 믿는다. 평소 퇴근길에 지하철을 타고 집으로 갔다면, 오늘은 도착지보다 한 정거장을 빨리 내려 집까지 걸어가 본다. 매일 평소에 한 시간 정도 운동을 했다면, 오늘은 이십 분을 더 해 보기도 한다. 쌀쌀한 날씨 탓에 빨리 집에 가려고 했었다면, 잠깐 차가운 공기를 마시며 근처 산책로를 걸어 본다. 평소에 하지 않던 일을 해 보는 특이한 방법으로 쌓여 있던 불만이나 분노를 털어 낼 수 있다. 그저 사용하던 시간을 조금은 다르게 사용하는 것만으로 불행을 선사하고 있는 나의 하루에 소심하게 반항해 본다. 이런 방법으로 표출하는 분노는 남을 해치지도, 나를 해치지도 않는다.

그러다 보면 계속해서 불행의 굴레에 있더라도, 나조차 변칙을 통해 예상 못 할 오늘 하루의 다른 점을 찾아 기분이 좋아질지도 모른다. 가끔은 이유 없이 풀리지 않는 하루의 연속에 마음껏 반항한 것 같은 기분이 들어 홀가분해지기도 한다. 일부러 집으로 바로 가지 않고 골목을 한 바퀴 돌고, 지금 듣고 싶은 노래를 틀고 노래가 끝날 때까지 갑작스레 가만히 멈추어 서 있다가 집으로 돌아간다. 그러면 그날은 내가 오늘에 반항한 날이 된다. 조용히 불행한 일을 참아 내고 있던 순간에도, 이런 작은 변칙들로 마치 화를 표출한 것만 같아 마음에 담고 있던 억울함도 조금이나마 해소된다. 나는 평소 불행의 굴레가 찾아왔다고 느끼면, 내가 다치지 않는 선에서 이런 방법으로 자주 화를 내곤 한다. 그렇게 되면 내 하루가 짜증을 들어 주기라도 하는지, 내일에 주어지는 하루는 오늘처럼 최악의 하루가 되진 않는다.

안 풀리는 날이 반복되면 할 수 있는 한 열심히 화를 내 본다. 받은 스트레스를 마음에 쌓아 두지도, 남들에게 표출하지도 않지만 말이다. 그저 방향을 조금 바꾸어 나의 하루에 있는 힘껏 분노를 표출한다. 이를 통해 예민해진 나 자신을 달래고 불행의 굴레에서 벗어나는 열쇠를 찾을 수 있다.

누군가에게 서서히 정의되어 간다는 것

남에게 좋은 사람이 되기 위해 나를 힘들게 하진 말아야지

— 이진이

정의되어 간다는 것은 조금 두렵다. 사람들은 세상을 이루는 것들을 각자의 기준으로 정의하며 살아간다. 물론 과일의 종류나 사람의 이름, 이동 수단과 같이 사회적인 합의하에 지어진 정의는 동일하다. 그러나 책상 앞에 사과 하나가 있다고 할 때 동일한 사과여도 사람마다 좋아하는지와 싫어하는지, 이유는 무엇인지, 어떤 기억들이 있는지는 다르다. 이는 사람도 마찬가지여서 누군가가 바라보는 나는 이 세상에 둘도 없는 소중한 사람일 수 있지만, 또 어떤 사람이 바라보는 나는 용서할 수 없는 나쁜 사람이 되어 있을 수 있다. 정의되어 간다는 것은 내가 만나는 모든 사람에게 있어 각각 달라진다. 단언컨대 나를 비슷하게 정의하는 사람은 있을지라도, 완벽히 똑같이 정의하는 사

람들은 없을 것이다. 나는 이 세상에서 나 자신인 한 명으로 존재하지만 타자들에게 나는 각각 다른 존재가 된다.

사람들에게 정의되는 기준은 다양하다. 내가 남긴 글을 읽음으로 이를 정의할 수도 있고, 대화를 해 보며 정의할 수도 있으며, 때론 외모나 습관을 보며 정의할 수도 있다. 정의하는 것에 대한 종류 또한 무척이나 다양하다. 가진 지식을 가지고 똑똑한 사람과 더 배워야 할 사람으로 나눌 수도 있으며, 인격적인 측면에서 착하고 선한 사람과 질 나쁜 사람으로 나눌 수도 있고, 또는 타자와 내가 연결되는 주관적인 측면에서 대단한 사람, 본받고 싶은 사람, 친해지고 싶은 사람과 형편없는 사람, 반면교사가 되는 사람, 거리 두고 싶은 사람이 될 수도 있다. 나는 어떤 한 명의 사람임에도 불구하고 어떤 사람은 나를 있는 그대로보다 더욱 긍정적으로 평가하며, 또 어떤 사람은 나를 매우 부정적으로 평가한다. 참 신기한 일이다.

그렇기에 사람들이 중요하게 생각하는 것은 주로 정의되어 가는 것에서 나온다. 어쩌면 모든 사람이 타자가 자신을 정의하는 것에 대해 어느 정도의 두려움을 가지고 있다. 대부분의 경우에는 "내가 나쁘게 정의되면 어떡하지?"와 같은 생각에서의 두려움일 것이다. 그렇기에 본인이 긍정적으로 정의될 것 같은 일만 하기 위해 노력하고, 반면 부정적으로 정의될 것만 같은 일은 하지 않으려 노력한다. 이런 현상은 생각보다 우리 삶에서 흔히 볼 수 있는데, 단순히 어떤 사람이 착하다와 나쁘다를 뜻하는 긍정과 부정만으로 무언가를 정의하지는 않기 때문이다. 어떤 사람들은 강해 보이고 싶다, 돈이 많아 보이고 싶다, 웃긴 사람이 되고 싶다는 정의를 긍정으로 받아들이기도 한다. 반대로 너무 조용하다, 말주변이 좋다, 진지한 사람이다 같은 특성을 부정적인 정의로 받아들이는 사람들도 있다. 모든 사람이 자신들이 생각하는 긍정적인 정의를 받기 위해 행동 하나하나를 가꾸며, 부정적인 정의를 받기 두려워 이에 해당하는 행동을 하나하나씩 지우려 한다.

나란들 예외는 없을 것이다. 나 또한 이런 정의되어 간다는 것에 대한 강박을 날마다 꾸준히 받고 있다. 더 중요하다고 판단한 약속으로 선약을 취소할 때와 같이 어느 정도의 신뢰를 동반하는 상황에서 나는 정의되어 간다는 것에 대한 압박감을 느낀다. 나를 좋아하던 상대방이 이 일을 기점으로 부정적인 감정을 가지진 않을까 싶은 생각들이 가끔은 커다란 압박으로 다가오기도 한다.

그런데 이러한 압박이 꼭 사람을 직접적으로 대하는 것으로부터만 오지는 않는다. 최근에는 내가 쓴 글을 남들이 읽어 본다는 것에서 꽤 압박감을 느낀다. 사실 글을 오래 쓰다 보면 글을 쓰는 사람이 자주 사용하는 단어와 문장 구조, 표현법과 같은 것들은 반복될 수밖에 없다. 그러나 가끔 내가 계속해서 똑같은 글을 쓰고 있는 것은 아닌지, 결국 읽는 이에게 다른 글과 똑같은 느낌을 주어 더 이상 읽을 가치가 없다고 정의되어 가는 것은 아닌지에 대한 두려움이 있었다.

수필을 쓰기 전 시를 쓰던 시절에도 똑같았다. 시는 수필보다 짧은 내용에 많은 사람이 공감하고 감동할 수 있는 표현을 구사해야 했기에 수필과 다른 어려움이 있다. 시를 계속 쓰다 보니 어느새 내가 결국 똑같은 주제로 똑같은 이야기를 하는 것은 아닌가 싶더라. 남들이 내 시를 읽고서 이 정도 표현만 쓸 수 있는 사람으로 정의되는 것에 두려움을 느껴 결국 쓰는 일을 포기했다. 수필을 쓰고 있는 지금도 그런 기분을 느끼며 약간의 두려움 또한 동반된다. 더 이상 내 글이 읽을 가치가 없어지게 되는 것은 아닌지, 누군가 내 글을 읽고 '이런 사람'이라고 정의하는 것은 아닌지와 같은 생각들에서이다.

그러나 수필만큼 나를 표현할 수 있는 수단이 또 없다고 느낀다. 그렇기에 조금은 부족한 글이더라도 세상 그 누군가에게는 읽을 가치가 있는 글이 될 수 있지 않을까. 수필에서의 주제는 다름 아닌 내 삶이다. 내가 수필을 쓰는 이유 또한 나를 표현하여 내 자신이 나에 대해 더욱 잘 알 수 있게 하기 위함이다. 그렇기에 내가 어떤 단어를 자주 사용하거나, 어떤 문장 구조를 반복하는지와 같은 것들로만 나의 글이 쉽사리 정의되진 않는다. 물론 나를 위한 글쓰기 이전에 글 자체로 부족한 부분이 있을 수 있다. 하지만 그로 인해 내 글이 더 이상 읽을 가치가 없는 글이 되지는 않을 것이다. 그 사실 하나만으로 계속해서 글을 쓸 수 있게 된다.

정의되는 것이 두렵다면, 어쩌면 이는 타자에게서 오는 무언의 강박 때문일지도 모른다. "이렇게 하면 누군가가 나를 싫어하겠지?"와 같은 자신이 정한 부정적인 정의에 지나치게 많은 걱정을 하며 쫓겨 다니고 있을 수 있다. 그렇다면 내가 글을 계속 쓸 수 있는 이유처럼, 부정적인 정의에 대한 반례를 고민해 보는 일은 어떨까. 어쩌면 우리 삶은 모든 정의와 연결되어 있어서, 하나의 정의에 대해 완벽히 분리될 수 없는 것은 당연한 일일지도 모른다. 내가 그 정의에 해당하더라도 어떤 점에서 나를 그것만으로 정의할 수 없는지를 생각해 본다. 부정적인 정의에 대해 당장은 가지고 있는 생각을 바꾸기 어려울지 몰라도, 그 정의에 대해 벗어나 있는 부면이 있다는 것을 깨닫는 것이 곧 두려움을 동반하는 일을 헤쳐 나가는 열쇠가 될 것이라고 믿는다.

고통이 끝나지 않을 것만 같을 때

고통이 남기고 간 뒤를 보라! 고난이 지나면 반드시 기쁨이 스며든다.
— 괴테

가끔 연속되는 경쟁 사회 속에서 치열하게 사는 데 지쳐 버릴 때가 있다. 주변 사람들은 다 성공 가도를 달리는데, 나만 골방에 박혀 누군가가 꺼내 주기를 기다리며 울부짖고 있다는 생각. 나를 제외한 세상 모든 사람의 인생이 화려해 보인다. 나만 항상 실패하고, 힘들며, 끝없이 오는 우울함을 겨우겨우 견디는 인생을 살고 있다.

이 시기 동안은 정말 아무것도 손에 잡히지 않는 것 같고, 세상에 있는 모든 불행이 나한테만 찾아오는 것만 같은 기분도 든다. 고통으로부터 드는 여러 생각 중 가장 두려운 것은 "고통이 끝나지 않으면 어떡하지?" 같은 생각일 것이다. 고통스러운 시간들이 지속되면, 그 시간이 끝내 나의 일상마저 빼앗아 가 버릴까 봐 더욱 고통스러워지는 것이다.

혼자 지방에서 서울로 상경해 자취를 시작한 첫날, 새로운 환경에 대한 적응과 더 이상 친구들을 못 본다는 우울함으로 심한 몸살감기에 걸렸었다. 그 당시 두통이 너무 심해서 아무것도 못 하고 하루 종일 누워서 자다 깨기를 반복했다. 그때 가장 많이 했던 생각은, "계속 아프면 어떡하지?"라는 생각이었다. 그러나 이런 생각을 하기엔 단순한 감기는 비교적 가벼운 병이다. 푹 쉬고 시간이 지나면 낫는다는 사실은 누구나 알고 있다. 그러나 그때는 어쩌면 고통과 우울감이 지속되지 않을까 싶은 혹시나 하는 마음에 더욱 고통을 받았었다. 그러나 시간이 지나고, 감기는 언제 그랬냐는 듯 깔끔하게 나았다. 끝나지 않을 것만 같았던 고통도, 시간이 지나니 서서히 없어져 잊을 수 있게 된 것이다.

우리 삶에서 정말 힘들고 고통스러운 순간은 언젠간 꼭 지나간다. 세상의 모든 것들은 다가오고 지나가기를 거듭한다. 비가 오고 나면 무지개가 뜨고, 밤이 깊을수록 새벽은 가까워지며, 구름 뒤에는 언제나 햇빛이 존재한다. 고통도 마찬가지인 것이다. 고통을 이겨 낸 미래의 우리는 반드시 밝게 웃으며 힘들었던 때의 자신을 이야기할 수 있을 것이다. 언젠가는 지나간다. 그저 무지개를 띄우기 위한 일련의 과정일 뿐이다. 그리고 어려운 시기를 버티면, 언제나 더욱 성장할 것이다. 학업이나 진로, 질병이나 건강 그 뭐가 됐든, 이는 다가올 수천 개의 행복 사이 있는 단 하나의 불행일 뿐이다. 그러니 조급해하지 말고, 차분하게 마음속 우산을 펴고 비가 그치길 기다리자. 머지않아 아름답고 화려한 무지개를 볼 수 있을 것이다.

세상의 모든 것들은 다가오고 지나가기를 거듭한다.
비가 오고 나면 무지개가 뜨고, 밤이 깊을수록 새벽은 가까워지며,
구름 뒤에는 언제나 햇빛이 존재한다.
고통도 마찬가지인 것이다.

어떤 일에 과하게 신경을 쓰고 있다면

단순하게 살라. 쓸데없는 절차와 일 때문에 얼마나 복잡한 삶을 살아가는가?

— 이드리스 샤흐

어떤 일에 과하게 신경을 쓰기 시작하면 하루 동안 얻을 수 있는 고찰이 백 개라 하더라도 단 하나조차 인지하기 어려워진다. 살면서 마주하는 무언가에 한 번 사로잡히게 되면 일상의 모든 순간에서 그 일이 생각난다. 밥을 먹을 때에도, 일을 할 때에도, 자기 전에도 언제나 그 일에 대해서만 생각하게 된다. 살면서 느끼는 여러 감정을 담아내야 하는 상황에서 과하게 신경을 쓰는 일이 생기면 굉장히 곤란해진다. 계속해서 생각한다고 해결될 수 있는 일이 아니라면 더욱 그렇다. 누군가에게 생각을 터놓고 풀어놓을 수 있는 고민도 아닌 애매한 위치에 자리 잡은 일이라면 말이다. 살면서 갑작스레 신경이 가는 일은 평소의 삶과 다양하게 연결하던 생각의 고리를 끊어 버리기도 한다.

　무엇이 삶의 본질인지를 되찾아야 돌아갈 수 있는 걸까. 한 달이 채 되지 않는 짧은 시간 동안에도 날마다 변화하는 감정의 폭은 매우 불규칙적이다. 신경 쓰이는 일이 하나만 생기더라도, 다른 것들에 집중하지 못해 매일 해야 하는 일 앞에서 머리가 하얘지곤 한다. 삶에 집중할 수 없을 때 삶에 대해 적으려고 하는 것만큼 고통스러운 일도 없다. 슬럼프나 컨디션 난조 따위가 아니다. 고민하는 일이 해결되지 않는 한 계속해서 삶에 집중하지 못할 수 있기 때문이다. 해야 하는 일을 할 수 없음에 압박감을 느낀다. 그럴수록 더욱 살아가며 얻는 감정을 느끼기 어려워진다. 삶이라는 물결은 잔잔하다가도, 누군가가 작은 조약돌 하나를 던지면 넓은 파동이 생기기 시작한다.

　하지만 "시간이 약이다."라는 말이 있듯이, 언젠가는 그 일이 끝날 것이라고 믿는다. 그 시간 속에 있는 사람에게는 조금 야속한 말이 될 수도 있지만 말이다. 막상 지난 일들을 돌아보면 시간이 흐르고 나서 고민이었던 일도 해결되고 잊히기 마련이었다. 그렇기에 조금 달갑지는 않더라도 시간이 약이 되어 줄 것을 믿는다. 지금 겪고 있는 일에 대해 계속해서 신경을 쓰지는 않을 거라는, 곧 있으면 해결될 것이라는 말로 받아들이고 오늘 하루를 버텨 낸다. 조약돌로 인해 생긴 파동도 머지않아 사그라지어 잔잔한 물결이 되듯, 삶에서의 안개가 지나가면 다시 삶을 고찰하는 데 집중할 수 있는 순간이 올 것이라고 믿는다.

공허함을 바라보는 조금은 다른 시각

한번은 친구가 내게 공허함에 대해 토로한 적이 있다. 자신은 학교에 다닐 때는 남들과 경쟁하기 위해서, 또는 좋은 일자리와 처우 따위의 목표를 위해서 달렸지만, 막상 목표들을 이루고 나서 오는 공허함이 너무 크다고 말했다. 나는 그 말을 듣고참 많은 공감이 갔다. 공허함은 나 또한 느껴 보았던 감정이고, 느끼고 있는 감정이기 때문이었다.

특히 퇴근 후의 시간에 대한 공허함에 격하게 공감한다. 학교에 다니다가 갑자기 직장이라는 곳으로 던져지게 되면 퇴근후 붕 뜨는 시간이 많아진다. 우리는 기숙사 학교였기에 일과시간이 끝난 후에도 친구들과 함께 시간을 보냈다. 같이 공부도하고, 놀기도 하며, 여러 이야기를 나누며 하루의 끝을 맞이할수 있었다. 그러나 직장 생활을 하게 되면서 지속적으로 연결될수 있는 끈이 사라졌다. 퇴근하고 나서는 많은 시간을 사용하던회사라는 공동체와의 커뮤니케이션이 끊긴다. 그 시간 동안 할 수 있는 일이 없으면 엄청난 공허함을 느낀다. 특히 이에 익숙하지 않은, 갑작스러운 변화는 더욱 큰 공허함으로 다가오기도 한다.

현 직장을 다니기 이전 겨울 방학에 약 2개월 동안 다른 회사의 인턴으로 일을 한 적이 있었다. 이때는 회사라는 공간에서 일을 한다는 게 처음이었기에 분위기나 업무, 사람들 등 모든 것이 어색했다. 그중에서도 제일 어색하고 새로웠던 것이 바로 퇴근 후의 공허함이었다. 퇴근 후 집으로 돌아와 혼자 방에 앉아 있는 순간, 이 세상에 나 혼자만 있는 것만 같은 엄청난 공허함을 느낀다. 집에서 혼자 즐길 수 있는 것들은 제한되어 있다. 어릴 때 시간 가는 줄 모르던 게임이나 SNS도 지금 보다 보면 질리기 마련이다. 결국엔 매일 지속적으로 할 수 있는 생산적인 무언가가 필요해진다.

필연적으로 혼자 있는 시간에 대한 공허함은 취미를 찾는 것으로 해결할 수 있다고 나는 생각한다. 좋아하는 앨범을 재생해 둘 수도, 평소에 관심이 있던 주제를 공부할 수도, 즐겨 하던 비디오 게임을 계속해서 해 볼 수도 있다. 즐기면서 시간을 보낼 수 있는 일을 찾아 꾸준히 해 본다면 그것들이 공허함을 많이 달래 줄 것이다. 인턴을 했던 당시 간단하게 나는 친구와 전화하는 것으로 공허함을 달랬고, 요즘은 운동이나 악기 연주, 공부와 글쓰기 같은 다양한 취미로 공허함을 달래고 있다.

그런데 어떤 일을 계속해서 하는데도 불구하고 채워지지 않는 공허함이 있다. 즐길 수 있는 일은 공허함을 달래 줄 뿐 완벽히 싹 가시게 도와주지는 못한다. 공허함의 잔여물은 완전히 없어지지 않고 우리 삶에 계속해서 함께 묻어난다. 나는 이런 공허함은 도리어 부정적으로 받아들여서는 안 되는 즐겨야 하는 것이라고 생각한다.

많은 사람들이 이를 '심심함'이나 '지루함'으로 표현하기도 하는데, 우리는 때로 이런 감정의 일정 부분을 좋아하고 즐길 필요가 있다. 심심하다고 해서 무조건 심심하지 않게 무언가를 해야 하는 것이 아니다. 심심하다는 감정은 안정적인 삶을 기반으로 두는 것에 있어 나온다. 심심함은 지금 딱히 고민할 일이나 초조한 일, 바쁘게 해야 하는 일이 없을 때 종종 다가오곤 한다. 당장 심각하거나 긴급한 일이 있다면 보내는 시간이 심심하다고 느끼진 않을 것이다. 공허함의 잔여물은 삶의 안정으로부터 나온다. 그렇기에 그저 심심함을 있는 그대로 느끼고 즐기면 된다. 나는 요즘 하고 싶은 취미를 다 끝내고도 심심해지면 그저 오래 심심했으면 좋겠다고 생각하곤 한다.

　　나는 공허함의 잔여물이 필연적으로 나타나는 인생의 일부분이라고 생각한다. 무엇이든 너무 꽉 차 있으면 새로운 무언가가 들어올 자리가 없어진다. 그렇기에 작게나마 비워져 있는 마음을 즐길 수 있어야 한다. 심심함과 지루함 감정들의 앞에서는 조금은 관대해져도 된다고 느낀다. 오히려 이런 감정들이 해보고 싶었던 새로운 것들에 도전할 수 있는 계기가 되기도 한다. 그렇기에 우리는 어느 정도의 공허함은 즐겨야 한다. 조금 더 심심했으면 좋겠고, 더 오래 심심했으면 좋겠다고 느껴야 한다. 심심함은 당장 타파해야 하는 것이 아니다. 이는 어쩌면 발전의 계기가 되는 긍정적인 감정일지도 모른다.

어쩌면 우연은 선택으로부터 다가온다

가장 놀라운 우연은 우연한 일이 전혀 일어나지 않는 것이다.

— 존 앨런

　살아가다 보면 직접 선택하는 일만큼이나 큰 비중을 차지하는 게 우연을 맞닥뜨리는 일이다. 많은 사람은 우연을 좋아하는데, 삶에 가끔 나타나 생각지도 못한 행복을 선사하기도 하기 때문이다. 잊을 법한 첫사랑을 길거리에서 마주쳤을 때, 학창 시절 친하게 지냈던 친구를 갑작스레 길에서 만나 반가운 마음에 안부를 물을 때, 내일 마주쳤으면 하는 사람과 정말로 마주쳤을 때 같은 상황을 우리는 우연이라고 표현한다. 우연은 가끔 찾아와 삶에서의 자그마한 희망 사항을 들어주고 떠난다. 그렇기에 사람들은 자의로 선택한 무언가보다 인생이라는 실에 딸려 오는 우연에 더욱 깊은 의미를 두기도 한다.

그런데 가끔은 나도 모르게 우연에 너무 의지하며 살고 있지는 않은가 생각해 본다. 어쩌면 내가 직접 만들어 볼 수 있는 기회나 상황에서도 우연에 맡기려고 하고 있지는 않나. 이미 주어진 기회를 보고 망설이며 "한 번 더 기회가 오겠지.", "한 번 더 기회가 오면 신이 내린 계시야.", "한 번만 더…." 같은 생각만 하고 있진 않은지. 도전해 볼 만한 상황에서도 실패의 두려움으로 인해 우연이 다가오기를 간절히 기도하며 하염없는 시간을 보내고 있을지도 모른다. 이미 우연이 주어진 상황인지도 모르는데 말이다. 주어진 상황에서의 어두운 단면에 대한 불안감으로 너무 우연만을 기다리진 않는가. 이미 우연이 주어졌음을 알고 있지만 정답이 없는 삶에 확신을 얻기 위해 또 다른 우연이 찾아오길 바라진 않는가. 혹은 실패하더라도 자신의 죄책감을 덜기 위해 우연을 하나의 도구로 사용하고 있지는 않은가.

우연을 이루는 큰 부분들이 우리의 선택으로부터 이어진 것일 수도 있겠다는 생각을 가끔 한다. 우리는 직접 의도했지만 하나하나 기억하지 못하는 수많은 선택의 결과를 우연이라 부르는지도 모른다. 어쩌면 우연은 직접 만들어 가는 것은 아닐까. 복권에 당첨되고 싶은 욕심이 있다면 속는 셈 치며 월요일마다 복권을 한 장씩 구매하는, 좋아하는 사람과 마주치고 싶다면 그 사람이 다니던 곳을 서성거려 보는, 몇십 년 된 친구가 혹시나 전화를 걸까 봐 휴대폰 번호를 바꾸지 않는. 그런 우연을 위한 선택을 통해 비로소 우연은 다가온다. 모든 것은 우연의 산물이라는 말과 세상에 우연은 없다는 말은 완전히 달라 보여도 뜻하는 바는 거의 동일하다. 우연은 직접 만들어 가는 것이며, 대부분이 내 선택을 통해 비롯된다. 우연히 일이 잘 풀린 것 같다면 이전에 우연하다고 느낀 일과 관련된 어떤 부분들을 가꾸었는지 생각해 보자. 삶에서 우연히 잘되는 일이 없는 것 같다면 내가 우연을 막고 있는 것은 아닌지 생각해 보고, 직접 우연을 만들려고 시도해 보자. 살아가며 우연한 일을 만날 때면 우연이 우리에게 다가와서라기보다, 우리가 우연에게 다가갔기에 비로소 만난 것은 아닐까 싶다.

살아가며 우연한 일을 만날 때면 우연이 우리에게 다가와서라기보다,
우리가 우연에게 다가갔기에 비로소 만난 것은 아닐까 싶다.

에필로그

    어느덧 나의 하루들을 써 내려가는 마지막 순간이 찾아왔다. 글을 모아 두던 노트북의 메모장에도 벌써 몇십만 자의 글자들이 꽉 차 있다. 이제 메모에 들어가 그다음 글을 쓰려고 해도, 너무 많은 글자가 있는 탓인지 버퍼링이 걸린다. 이렇게 긴 여정을 거치리라 생각지도 못했던 메모장 하나에 어느덧 1이라는 숫자가 붙게 된 것이다. 책을 출판하겠다는 이야기가 뜬구름을 잡는 것처럼 들렸던 몇 달 전이 무색하게, 이젠 머지않아 작은 책 하나쯤은 공백 없이 꽉꽉 채울 수 있는 분량의 글들이 모였다. 글을 쓰며 삶을 바라보던 시선을 바꾸기도 했고, 복잡한 심경을 정리하기도 했으며, 새로운 관점을 받아들이기도 했다. 짧은 시간 동안 글쓰기는 내 삶에 빠르게 스며들었다.

    삶이란 무한하고 방대하다. 단 한 시간을 숨 쉬면서도 기억할 수 없는 수많은 생각이 머리를 스쳐 간다. 이렇듯 스쳐 가는 생각이 어쩌면 인생이라는 문제를 풀어 가는 데 큰 단서가 될 수도 있다는 생각, 그리고 그런 생각들 또한 내게 의문만을 남긴 채로 몇십 분 뒤면 까맣게 잊혀 간다는 게 아쉬워 글쓰기를 시작했다. 사실 삶이나 인생에 대해 글을 쓰는 것만큼 쉬운 일도 없다. 내 이야기고, 내 생각이며, 내 경험이기 때문이다. 다만 글쓰기가 어렵게 느껴지는 이유는 스쳐 갔던 생각을 끄집어내 글이라는 그릇에 담아야 하기 때문은 아닐까. 생각에 비해서 글이라는 그릇은 너무나도 작다. 나는 이때까지 그 작은 그릇에 캐리어에 짐을 넣듯 내가 느낀 감정들을 최대한 보기 좋게 욱여넣는 연습을 했다. 내 감정을 최대한 멀리 떨어져서 바라보며, 계속해서 드는 의문을 곁들여 주관적으로 감정을 정리하고 설명하려고 노력했다. 여태까지 나는 나를 정리하기 위해 글을 썼다. 쓰다 보면서 나는 그 이야기를 해야만 한다고 느꼈고, 그렇기에 계속해서 인생을 써 내려간다. 정확히 이게 정답인지 아닌지는 모른다. 그러나 지금 당장의 나는 이를 정답이라고 믿기에, 먼 훗날 지금이 틀렸다 하더라도 미래의 나는 절대 지금을 부끄러워하지 않을 것이라 믿는다.

수필을 쓰기 시작하면서 쓴 모든 글은 전부 내 이야기에서 나왔다. 피로에 대해 글을 썼다면 내게 그 하루는 너무나도 피곤하고 고된 하루였을 것이다. 자존감이 낮아지는 것에 대한 글을 썼다면 무언가로 인해 자존감이 떨어질 대로 떨어진 날이었을 것이다. 여태까지 썼던 글 중 단 하나도 내 이야기가 아니었던 적이 없다. 행복한 상황에서도, 고통스러운 상황에서도 언제든지 하루하루의 감정을 차분하게 써 내려갔다. 고민이 주제인 글을 다 쓰고 난 뒤 첨삭 과정에서 오늘 썼던 글을 다시 읽을 때면 하루를 괴롭히던 고민도 어느덧 정리되는 것 같은 기분이 든다. 어떤 구멍부터 메워야 할지도 감이 잡히지 않던 일들이 조금은 정리되어, 내일의 나는 오늘의 고민에 똑같이 고통받지 않을 것만 같다. 마치 이 일을 해결할 수 있을 것만 같은 느낌을 준다. 또는 글을 써 두고 며칠이 지나 다시 똑같은 이유로 고통을 받을 때, 이전에 써 둔 글을 꺼내 읽어 보면 그만큼 위로되는 일이 없다. 내 인생을 담는 글은 과거와 현재, 미래를 번갈아 가며 유영해 왔다. 내가 쓴 글이 나를 뚫고 들어가 나를 위로한다. 또 그런 내가 다른 나를 위로하기 위해 글을 쓴다. 글을 쓰고 읽으면서 끊임없이 움직이는 글의 방향을 관찰하는 것만큼 아름다운 일도 없을 것이다.

앞으로 쓰는 글이 있다면 그곳에서도 다룰 이야기는 계속해서 나의 인생일 것이다. 계속해서 시선을 담고, 정리하며 써 내려갈 것이다. 지금 당장 사람들에게 보여 주고 싶은 글이 있다면 다름 아닌 삶을 바라보는 시선을 담은 글이다. 오래된 골목길의 담벼락에 그려진 낙서처럼 지나가면서 흘깃 읽어 보고 '이렇게 생각했었구나.' 할 수 있는, 가끔 누군가의 삶에 위로를 줄 수 있는, 더도 말고 그 정도로 위치할 수 있다면 된 것이다. 앞으로도 계속 비싸지도 않고, 높게 평가되지 않아도 되는 글을 쓰고 싶다. 흔히 볼 수 있고 가볍게 읽을 수 있는 글, 스쳐 지나가는 배경 같은 글 말이다. 글의 유형은 끊임없이 바뀔지 몰라도 그 글자의 획마다 나의 시선을 고이 담아내는 것은 평생 바뀌지 않을 것이라 믿는다.